소년, 꿈을 찾아 길을 나서다

소년, 꿈을 찾아 길을 나서다

PHOTO ESSAY

김범수 지음

가장
중요한 것은
나의 내부에서
빛이 꺼지지 않도록
노력하는 일이다.

_슈바이처

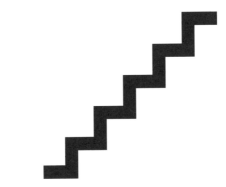

아주 특별한 곳으로 가고 싶었다

가지 않으면
길은 없다

2014년 7월 30일 새벽 5시. 아직 동도 트지 않은 야심한 새벽에 인도 히말라야에 위치한 스톡 캉그리 산기슭에는 간간히 등반가들의 헤드라이트 불빛이 보인다. 그리고 약 5,600m 지점에서 나는 같은 대원이었던 해린이 누나, 서포터즈 윤석이 형, 그리고 차대장님과 두 명의 가이드와 함께 힘겨운 한 발, 한 발을 내딛고 있었다.

해린이 누나와 나 (photo by Cha Jin-chol).

새벽 5시, 정상을 400m 남겨두고(photo by Cha Jin-chol).

이미 5시간여의 산행을 한 뒤인데다가 고도에 따른 고산병 때문에 이미 발은 추라도 매달아 놓은 듯 아주 무거웠다. 그래서 전날 전진캠프에서 봤던 아주 짧아 보였던 산길은 이미 나에게는 실크로드요, 차마고도였다.

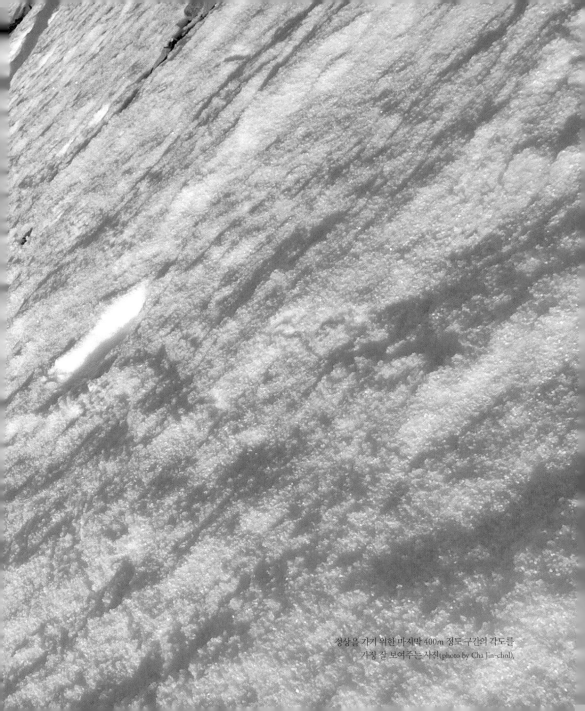

정상을 가기 위한 마지막 400m 정도 구간의 각도를
가장 잘 보여주는 사진(photo by Cha Jin-chol).

하지만 얼마 뒤에 떠오른 히말라야의 붉은빛 태양은, 나를 응원이라도 하는 듯이 내가 갈 길을 아주 환하게 비추어 주었고, 고달팠던 나머지 4시간의 고통을 조금이나마 덜어 주었다.

마침내 새벽 9시, 예상 시간보다 두 시간여 늦긴 했지만 우리는 6,130m 스톡 캉그리 정상에 설 수 있었다.

히말라야 5,600m에서의 일출. 내가 살면서 보았던 태양 중에서 가장 따스한 해였다(photo by Cha Jin-chol).

모든 것이 내 발 아래에 있다. 6,130m 정상(photo by Cha Jin-chol).

그렇게 두 번의 히말라야 원정을 마친 뒤, 공교롭게도 내 삶에는 많은
변화가 있었다. 우선 학교를 정읍 호남고등학교에서 마산 창신고등학교
로 옮겼고, 아주 오래 전부터 고민하고 있던 유학에 대해 한층 더 진지하
게 고민하기 시작했다. 사실 유학을 고민하게 된 계기는 아주 간단했다.
내 평소 삶이 너무 의미가 없이 흘러간다는 느낌이 들었기 때문이다. 게다
가 1차 네팔 원정을 같이 다녀왔던 선민이가 미국에 교환학생을 간다는

소식에 바로 부모님과 진지한 면담을 했다. 결론은 너무 늦어버리기 전에 다녀오자는 것. 고2 여름방학에 출국하는 것으로 정해졌다. 다시 한 번, 대단한 결정을 내려주신 부모님께 감사드린다.

아주 특별한 곳으로 가고 싶었다

—

유학 준비는 대단히 빠르게 이루어졌다. 2월에 유학을 다녀오겠노라 결심한 후 8월 말 출국이었으니, 딱 6개월의 준비 기간이 남아 있었다. 그중 가장 기억에 남는 일은 애임하이교육 설명회에서 디드라(Deidre) 씨를 만난 일이다. 디드라 씨는 내가 알래스카로 가는데 가장 큰 역할을 하신 두 분 중 한 분이다. 사실 교환학생을 준비하면서 1년 동안 내가 어떤 곳으로 갔으면 좋을까 하는 고민도 참 많이 했다.

물론 미국 고등학교 교환학생 프로그램 자체는 완전히 랜덤으로 지역이 배정되는 것이라 별다른 기대는 하지 않았다. 하지만 그래도 '아, 이랬으면 좋겠다' 하는 대강의 희망사항 정도는 있었던 것이다. 그래서 곰곰이 생각해 보니, 1년 동안만 생활을 할 것이기에 아주 특별한 곳으로 가고 싶었다.

어차피 1년은 짧은 시간이었다. 그동안 '어떻게 하면 더 알찬 시간을 보낼 수 있을까?' 하는 의미였다. 결론은 단순했다. 일반적인 곳이 아니라 쉽게 갈 수 없는 아주 특별한 곳으로 가고 싶었다. 예를 들어, 캘리포니아나 알래스카 같은 곳 말이다. 아예 따뜻하고 1년 내내 좋은 곳, 아니면 평생을 살면서 한번 갈까 말까 한 곳 중 나의 선택은 후자, 즉 평생 살면서 한번 갈까 말까 한 곳에서 1년을 살고 싶다는 것이었다.

남과는 다른 특별함, 그게 내가 지금까지 살아오면서 갖고 있었던 판단의 기준이자, 한편으로는 내 장점이었다. 북극과 아주 가까워서 무척 춥고, 미국에서 가장 큰 주(가끔 텍사스에서 교환학생을 했던 친구들이 '우리 주가 니네 주보다 커!' 하는 걸 볼 수 있는데, 우리 주가 니네 주보다 크다. 그것도 휘얼~씬)이면서도 어쩌면 가장 가기 힘든 주. 말 그대로 특별한 지역이었던 것이다.

그런 곳이라면, 내가 1년 동안 아주 특별하고 즐거운 생활을 할 수 있는 최적의 주라고 생각했다. 그래서 정말 솔직하게 그 내용들을 미국 CIEE 재단의 지원서에 적었다. 지원서도 지금 생각해 보면, 알래스카로 보내달라는 요청을 많이 했다. 그리고 그 지원서를 제출한 뒤, 서울에서 열렸던 애임하이교육 설명회를 갔다.

알래스카, 그 '이상한' 곳으로

——

애임하이교육에서 알려주길, 디드라 씨는 미국의 CIEE 재단에서 고등학교 교환학생 배정과 관련된 일을 하신다고 했다. 그 말을 듣고는 생각했다.

'아 내가 저분한테 말을 좀 해봐야겠구나.'

그리고 마침내 애임하이교육이 코엑스에서 진행했던 전국유학박람회에 참가했고, 디드라 씨와는 그 설명회를 마친 뒤 코엑스에서 거의 2시간 정도를 이야기할 수 있는 기회가 있었다.

그 2시간 동안 그분과도 정말 많은 이야기를 했다. 나는 어떤 사람인지, 왜 알래스카로 가고 싶은지, 또 미국에 가면 뭘 하고 싶은지 정도를. 대화가 끝나갈 무렵에 디드라 씨는 자신이 미국으로 돌아가면 좋은 소식이 있도록 힘써 보겠다고 하셨다.

사실 이때, 나는 알래스카로 갈 수 있다는 것을 대략 70% 정도 확신했다. 그리고 약 한 달 뒤, 애임하이교육의 정경은 대리님에게 내가 배정되었다는 연락이 왔고, 대리님의 첫 마디가 아주 걸작이었다.

"범수야! 너 교환학생 배정 됐는데……, 좀 이상한 곳이야."

그 말을 듣는 순간 직감했다.

'아, 내가 드디어 알래스카로 가는구나!'

이 소식을 듣자마자, 아주 기쁜 마음으로 부모님께 바로 전화를 드렸다. 그리고 내가 알래스카로 간다는 사실을 알렸다. 하지만 배정된 곳이 '알래스카'였기 때문에 예상했던 대로 부모님 반응은 별로였다. 뭐 어쩌겠는가. 예상했던 문제였고 이때까지 부모님께는 내가 알래스카를 원하고 있다는 걸 한 번도 말씀드리지 않았으니까. 설득은 나의 몫이었다. 그리고 감사하게도 부모님은 그런 아들을 이해해 주셨다.

교환학생이 끝난 지금 이 시점에서도 생각해보면, 알래스카로 다녀 온 것은 아주 잘했던 선택인 것 같다. 물론 다른 주에 있었던 친구들처럼, 미국의 다른 주를 여행한다든지, 아니면 큰 도시에서 산다든지 하는 즐거움은 없었지만 말이다. 대신, 나는 그 어디에서도 만나볼 수 없는 대자연을 아주 가까이 두며 자유로이 생활했다. 그러면서 정말 하기 드문 경험을 많이 했다는 점은 내가 틀린 선택을 하지 않았다는 것을 증명해 준다.

CONTENTS

Step 2 길을 떠나다

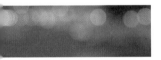

Step 3 길 위에서 추억을 쌓다

Step 4 꿈을 향해 시간을 달리다

Step 5 사진에 꿈을 담다

Step 6 길은 길로 이어진다

꿈 을
꾸 다

Step 1

알래스카,
아주 특별한 곳으로

애임하이교육에서 보내준 CIEE 배정 서류를 확인해 보았다. 부모님과 3명의 2년 터울 동생들로 이루어진 가정이었으며, 가장 큰 아이가 나보다 1살 어렸다. 배정 지역은 정말 오지로 되면 어쩌나 하고 고민을 많이 했는데, 알래스카에서 가장 큰 도시인 앵커리지로부터 약 20마일 정도밖에 떨어져 있지 않은 곳이었다. 우리로 치면, 서울에서 의정부 정도 되는 위성도시였다.

이제 정말 무엇인가가 실행된다는 느낌이 들기 시작했다. 다음은 미국 대사관에서의 비자 면접이 있었다. 사실 대사관이라는 곳을 처음 들어가 보기도 하고, 또 들어갈 때도 극도로 보안이 철저했기에 사실은 좀 떨리기도 했다. 비자 면접은 생각보다 그렇게 어렵지는 않았다. 내 앞의 3명이 연달아 떨어졌다는 점만 빼면 말이다. 사실 그것이 나를 거의 패닉에 가까운 상태로 만들기는 했다. 더군다나 내 면접을 담당한 영사는 내 앞의 한 사람을 떨어뜨린 영사였다.

하지만 예상 외로 면접은 아주 유쾌할 정도로 빠르고 간결했다. 이건 정말 영사와 내가 주고받은 대화 내용의 일부이다.

영사　미국 어디로 가십니까?

나　한번 짐작해 보세요~!

영사　음…… 캘리포니아? 조지아?

나　힌트를 드리자면, 미국에서도 아주 특별한 주입니다.

영사　혹시 하와이나 알래스카로 가나요?

나　네, 맞습니다. 아주 운이 좋았죠.

이렇게 대답했더니 영사가 나에게 행운을 빈다고 말하며, 내 비자가 승인되었다는 사실을 알려 주었다.

8월 25일 아침 8시, 인천공항. 그날 인천에는 비가 내렸다. 내가 출국할 때 한 방울도 보이지 않으셨던 부모님의 눈물을 대신하기라도 하는지, 비는 아주 굵고 세차게 내렸다. 출국장에 도착해서 짐을 부치고, 부모님과 마지막 인사를 했다. 아주 솔직히 얘기해서, 그 당시 나 자신이나 어머니

인천 국제공항 출국장에서 본 두 국적기의 A380 돌고래. 크긴 엄청 크다!

나 이 상황이 그냥 얼떨떨하기만 했던 것 같다.

어머니와 마지막 인사를 하고 보안심사대로 들어가는 그 길에도, 일 년 전 인도로 출국할 때와 마찬가지로 별 다른 느낌은 없었다. 다만, 가슴속 저편에 무언가가 아주 무겁게 느껴지기는 했다. 어머니도 끝까지 눈물은 보이지 않으셨다. 그래도 아들이라고 못내 아쉬움이 남으시는지, 자꾸 고개를 내밀어 내 뒷모습을 쳐다보시고, 나에게 손을 흔드셨다. 그렇게 당신은 나를 보내주셨다.

보안심사를 마치고, 면세 구역 안으로 들어와서는 집에 계신 할머니와

인천공항의 붐비는 출국장에서. 저 많은 사람들은 각자의 설렘을 안고 발걸음을 재촉한다.

아버지께 마지막으로 전화를 드렸다. 할머니의 마지막 목소리에서는 잔
잔한 떨림을 느낄 수 있었다. 그리고 아침 9시 50분, 눈으로 보기만 했던
747 점보기에 드디어 몸을 실었다.

비행기에 앉아 있으니, 요 몇 개월간 있었던 일들이 영사기에 필름 돌아가듯 내 머릿속에서 상영되기 시작했다. 특히나 할머니와 외할머니의 따스했던 마지막 손길, 아버지의 몇 번 안 되었던 포옹, 그리고 출국장에서 어머니의 마지막 눈빛은 멜로 영화를 보고 있는 것처럼 내 기분을 이상하게 만들었다. 그건 슬픔도, 기쁨도 아닌 알 수 없는 이상한 감정이었다.

그리고 나는 그 영화가 아직 완성되지 않고, 이제 막 예고편이 나온 거라는 걸, 또한 나머지 부분들은 이제부터 시작이라는 것을 이내 깨달을 수 있었다. 앞으로 남겨진 수많은 필름들에 채워 넣을 장면들을 상상하면서.

나의 첫 대륙횡단 비행은 아주 길고도 길었다. 그리고 또 하나 나를 긴장하게 만들었던 건, 내가 탄 비행기가 알래스카 상공을 날고 있는데도 디트로이트까지 5시간이나 남아 있다는 사실이었다. 디트로이트에서 뉴욕까지 약 2시간 정도라고 했으니까, 계산해 보면 어림잡아도 이틀 뒤 나는 다시 7시간의 비행을 해야 했다. 하지만 뭐 어쩌겠는가. 알래스카라는 특별한 곳으로 가는데 그 정도쯤은 감수해야지.

뉴욕의 거리에서. 저 좁은 골목 안에 있는 사람들은 아주 바빴다.

그렇게 바빠 보이던 뉴욕 맨해튼의 중심에는 싱그러운 녹색을 구경할 수 있는
센트럴 파크가 위치해 있어서 고작 몇 발자국 떨어진 곳의 풍경과 대조를 이룬다.

허드슨 강 위에서 바라본 맨해튼의 풍경. 도시의 파란 톤이 노을의 붉은 톤과 잘 어울린다.

허드슨 강 유람선을 타러 가는 길에, 이나가 부담스럽게 카메라를 들이밀었다.

뉴욕에서의 사흘은 찬란했다. 사실 3일이라고 말하기는 좀 부적절한 것이, 첫째 날과 마지막 날은 오고 가는 날이어서 딱히 한 일이 없었다. 하지만 둘째 날의 뉴욕 관광은 정말 기억에 남을 만한 일이었다. TV나 영화에서나 보던 건물과 거리가 내 눈앞에 펼쳐져 있고, 나는 내 발로 그 거리를 걸으며, 내 눈으로 그 장면을 보며, 내 코로 그곳의 공기를 마시고 있었다. 게다가 거기 가서 사귄 불가리아 친구인 이나(Ina), 이탈리아 친구인 카를로(Carlo)와 함께 아주 즐거운 시간을 보냈다. 그리고 그 다음날, 즐거움은 뒤로 한 채, 나는 다시 8시간을 날아서 알래스카로 향했다.

맨해튼의 한 기념품점에서 이나와 카를로.

둘째 날 밤. 마지막으로 여권과 서류를 챙겨 받고
이나의 불가리아 여권과 함께.

나의 꿈을
찾아서

'나는 커서 뭘 하고 싶을까?'

어릴 때부터 아주 많이 하던 흔하지만 어렵던 고민이다. '나는 누구인가', '내가 가장 잘할 수 있는 것은 무엇인가', '또 나는 무엇을 하고 싶은가'에 대한 궁금증과 고민은 나에게는 아주 쉬워 보였지만, 한편으로는 어려운 문제이기도 했다.

어릴 때는 내가 확실히 뭘 좋아하는지에 대한 개념도 없었고, 또 부모님이나 다른 어른들이 말씀하시는 것들이 마냥 좋게만 보였다. 그래서 나의 꿈도 외교관, 인문학 박사 같은 아주 거창하거나 또는 추상적인 것들뿐이었다. 물론 현실적으로 고민할 수 있는 나이는 아니었다고 생각한다. 하지만 그때의 기준은 뭐랄까, 그냥 남들이 보기에 좋아 보이는 것이었다. 딱히 내가 무슨 흥미가 있거나 하지 않아도 남들이 보기에 좋아 보이면, 그건 내 장래희망이 되었다. 그러나 나도 점점 많은 경험을 하고, 그 경험들을 통해서 이전보다는 조금 더 현실적으로, 또 이성적으로 생각할 수 있게 되었다. 그리고 이런 이성적이고 현실적인 고민들은 나에게 있어서 아주 중요한 삶의 일부가 되었다.

먼저 나는, 내가 평생 동안 뭘 하고 싶은지를 곰곰이 생각했다. 사실 결론부터 말하자면, 내가 평생 동안 하고 싶은 일 중 하나를 찾았다. 그리고 그게 내가 지금 이 책을 쓰는 이유다.

사진은 어렸을 때부터 내게 의미가 아주 특별했다. 사진 찍는 걸 좋아하시는 부모님 덕분에 나는 사진을 접할 기회가 많았고, 그 사진 하나하나가 주는 모든 감정과 의미는 나에게 특별하게 다가왔다. 사진이라는 게 참 신기했다. 찍을 때는 보통 1초가 안 되는 아주 빠른 시간에 2차원적인 시각 자료로만 저장이 되지만, 시간이 흐르고 내가 그 사진을 다시 보았을 때에는 평범한 2차원의 시각 자료를 넘어서는 아주 복합적인 감각들을 내게 전달해 주었다.

그 사진을 찍을 때와 찍힐 때 무슨 기분이 들었는지, 나는 뭘 하고 있었는지, 무슨 말들이 오고 갔는지 등등 아주 복합적인 감정의 방아쇠라고나 할까. 물론 글 같은 다른 매체도 비슷한 역할을 하기는 한다. 하지만 사진만큼 효율이 좋은 매체는 없다고 생각한다.

다음에 나와 있는 사진들에서도 느낄 수 있다. 봄의 반가움과 싱그러움,

만물이 소생하는 봄, 이때가 항상 가장 바쁜 작은 생명들이 있다.

신선함이 가득 느껴지는 칵테일 베이스.

온 가족이 먹을 음식을 요리하는 호스트 아빠의 듬직한 손, 그리고 막 활동을 시작한 생명까지. 1초가 안 되는 짧은 시간 안에 이런 복잡한 감정을 담아낼 수 있다는 점이 끌렸다. 이 매력들은, 이 일을 내가 평생 하고 싶다는 욕구를 만들어 내었다.

그 욕구는 내게 신기한 변화를 가져왔다. 그토록 원하던 카메라를 사고, 처음에는 오토모드나 노출/조리개 값 우선 모드로 다이얼을 놓고 JPEG 압축 파일로만 찍었다. 그 다음에는 한 단계 발전해서 매뉴얼 모드로 찍었다. 그리고 그 다음에는 후보정에 손을 대기 시작했다. 게다가 신기하게도, 이런 단계를 거듭할수록 구도, 설정, 색감 같은 사진의 여러 요소들이 눈에 보이기 시작했다. 또한 이는 내가 앞으로 개선해야 할 점들을 보여 주었다.

지금 본격적으로 사진을 시작한 지 1년 정도밖에 되지 않았지만, 내가 카메라로 찍은 사진은 3만장을 넘어간다. 또한 날이 갈수록 향상되는 그 결과물은 내게 특별한 기쁨과 즐거움을 선사해 준다. 앞으로도 내 사진들이 얼마나 더 좋아질지를 상상해 보면 매일 하루하루가 아주 흥미진진하고 신난다. 그래서 사진은 내가 앞으로 평생 하고 싶은 일 중 하나가 되었다.

탄생,
그 또 다른 이름으로

내가 두 번째 호스트 가정으로 옮기고 약 한 달 여 지났을 때, 호스트 누나였던 브리아나가 아기를 낳았다. 이름은 그레이슨(Greyson)으로, 나보다 생일이 하루 빠르다. 그레이슨은 원래 나와 똑같은 생일인 2월 14일에 태어날 예정이었다. 하지만 웬일인지 이 녀석은 하루 일찍 세상에 나와 버렸다.

덕분에 올해 밸런타인데이는 아주 많이 특별했다. 올해 내 생일은 일요일이었는데, 그레이슨 덕분에 모든 가족은 금요일부터 3일 내내 축제 분위기였다.

나는 태어나서 지금까지 매년 한 번씩 축하를 받았지만, 그때마다의 감흥은 매번 달랐고 새로웠다. 그러므로 탄생이란 이렇듯 우리에게 큰 의미가 있는 듯하다.

특히나 올해는 나에게 조금 더 특별한 의미가 있었다. 왜냐하면 나는 올해를 기점으로 다시 태어났다고 생각하기 때문이다. 다시 말하자면, 올

자는 줄

알았지?

즐거웠던 생일 저녁, 모두가 정말 좋은 사람들이다.

해는 내 인생의 터닝 포인트가 되었다. 그리고 어쩌면 나에게 이런 중요한 해였다는 걸 증명하기라도 하듯, 나는 생일 축하를 무려 3일 간이나 받을 수 있었다.

첫 번째 생일 축하는 친구들로부터 받았다. 이 이야기도 사실 엄청 웃긴데, 학교를 마치고 스쿨버스를 타러 가는 길에 친구 제라드(Jared Reed)가 에콰도르에서 온 다른 친구인 안드레스(Andres Estrella)와, 또 다른 친구인 로버트(Robert Burton)를 아주 급하게 찾았다.

그런데 참 이상했던 것이, 안드레스와 제라드는 애초에 아예 친하지도 않고, 로버트와는 더더욱 그랬다. 그런데 그런 애들이 매개체가 될 만한 나나 브랜든(Brandon Lowe)이 없이 제라드의 차를 타고 어디를 간다는 것은 더더욱 말이 안 되었다. 그러던 찰나에 브랜든에게서 엄청 다급한 목소리로 전화가 왔다.

"범수야, 지금 당장 안드레스를 찾아서 제라드의 차에 태워!"

그 순간 나는 직감했다. 이 넷 사이에 뭔가 오고 가는 게 틀림없었다.

그렇게 이상한 마음으로 스쿨버스에 오르고 집으로 돌아가서 늘 하던 대로 거실에 짐을 풀고 소파에 앉으려고 하던 참이었다. 그런데 브랜든이

갑자기 "헤이, 범수! 당장 네 방으로 올라가서 5분만 기다려 줄래?" 하고 아주 다급한 목소리로 말했다.

빙고! 내 예상이 맞았다. 그 넷이서 뭘 꾸미고 있었던 것이다. 게다가 내 생일 전 마지막 금요일이었으니 내용도 대충 예상이 되었다. 그리고 대망의 5분 뒤. 방문이 열리고 4명의 친구들이 내 방으로 들어오더니 침대를 에워쌌다. 그리고는 갑자기 안드레스가, "범수야, 생일 축하해. 우리는 네 생일을 축하해 주기 위해 오늘 여기에 모였어!"라고 포문을 열었다.

이어서 브랜든이 "자, 그럼 먼저 미국식으로 생일 축하를 해 줄게!" 하고 말하자마자, 나는 꼼짝없이 침대에 누워 친구들로부터 주먹 찜질을 당했다. 그게 끝인 줄 알았다. 그런데 주먹으로 모든 사람이 때릴 만큼 때린 뒤, 안드레스가 정말 달갑지 않은 말을 했다.

"그럼 이제 에콰도르 방식으로 축하해 줄게."

에콰도르 방식은 허리 벨트였다. 흡사 일본 사무라이가 비장하게 칼을 뽑는 것처럼, 그 친구들도 아주 비장하게 자기 허리에서 벨트를 뽑았다. 나는 벨트가 다른 용도로도 쓰일 수 있다는 걸 알게 되었다. 그 몽둥이찜질은 앞으로 3일 동안 벌어질 내 생일 파티의 시작이었다.

내 호스트 브라더이자 베스트프렌드였던 브랜든은 그런 면에서 참 고

추운 알래스카에서 가장 따듯했던 가족들과 함께.

마웠다. 나를 위해서 파티 준비를 하고, 심지어 내 생일이라고 케이크까지 구워주었다. 그리고 그 다음날 새벽 4시까지 친구들과 나는 정말 미친 듯이 파티를 즐겼다.

3일 동안의 생일 파티

그 다음날은, 마이클 삼촌(Michael Parker)의 집에서 밸런타인데이 이브 저녁식사가 있었다. 내 생일이 밸런타인데이였기 때문에, 올해는 밸런타인데이 식사 대신 밸런타인데이 이브 식사를 한다고 했다. 이 행사는 아주 특별했는데, 그 이유는 자신이 먹고 싶은 스테이크 부위를 가져와서 요리해먹는 '스테이크 파티'였기 때문이다.

나는 이날 필레미뇽이라는 스테이크계의 정점을 맛보았다. 필레미뇽은 안심 스테이크로, 안심 중에서도 끄트머리의 가장 작은 부분을 가리킨다. 사실 우리나라에서도 그렇지만, 미국에서도 안심은 아주 유명한 고급 부위다. 이 스테이크의 특징을 하나 꼽자면, 정말 부드럽다. 어느 정도로 부드럽냐면, 미디엄 레어로 익혔을 때 포크로 고기를 썰어도 썰린다. 그리고

호스트 아빠의 립아이 스테이크와 삼촌의 포터하우스 스테이크.
겉은 바삭하고 속은 완벽한 미디엄 레어에 압도적인 크기는 한번 맛 본 사람이라면 절대 잊을 수 없다.

하나에 1.5파운드 정도 나갔던 베링해의 킹크랩 다리.
내 엄지손가락과 저녁 접시의 크기를 비교해 보면, 그 크기가 어느 정도인지 짐작이 가능하다.

유머가 넘치는 밸런타인데이 저녁.

정말 한 조각을 입에 넣으면, 버터가 녹듯이 사르르 녹아 없어지고, 혀에는 마치 버터처럼 아주 강한 풍미가 남는다. 내가 살면서 먹어봤던 스테이크 중 단연 최고였다.

드디어 대망의 내 진짜 생일. 모든 호스트 가족이 모여 저녁식사를 했다. 아쉽게도 호스트 누나는 아이 출산 관계로 참석하지 못했지만, 아주 근사한 가족 식사였다. 이날의 메인 메뉴는 2일 전에 잡아 올린 베링해의 싱싱한 킹크랩 다리였는데, 다리 하나가 정말 '거대'했다. 말인즉, 내가 여태껏 먹었던 킹크랩과는 차원이 다른 덩치의 괴물이었다.

그마저도 제철이어서, 그 두껍고 긴 다리 안에 빈틈없이 살이 꽉 차있었다. 다리 하나 무게가 1.5파운드를 넘어가는 놈이었으니 정말 말 그대로 거대한 생물이었다. 나는 그런 다리를 최소 3개는 먹었으니, 말 그대로 배가 터지도록 실컷 먹었다.

그 다음 이어진 디저트는 정말 황홀함의 절정이었는데, 메뉴는 호스트 할머니의 치즈케이크였다. 호스트 할머니가 나를 위해서(물론 모든 음식을 호스트 할머니가 준비해 주셨다.) 그 전날부터 구워 놓으셨는데, 아주 정성들여 구운 티가 나는 치즈케이크였다. 정말 아주 풍부한 치즈 맛에, 적당히 달달하면서 얇은 도우까지. 말 그대로 환상적이었다. 게다가 가족들의 마음이 담긴 편지와 선물까지.

정말 이전 호스트 가정에서는 느끼지 못했던 '내가 가족 구성원으로서 이 가정에서 대우를 잘 받고 있구나' 하는 생각이 들었다. 나를 위해서 준비해준 모든 카드와 선물, 그리고 호스트 할머니의 근사한 식사까지. 정말 이 정도로 행복했던 순간은 손에 꼽는다. 이 3일간의 생일 축하는 앞으로도 절대 잊지 못할 것이다.

길이 없으면
길을 만들어서라도

우리 어머니가 아주 좋아하는 문장이 하나 있다. 내가 중학교에 다닐 때 강당에 큼지막하게 쓰여 있던 글귀인데, '승자는 눈을 밟아 길을 만들고, 패자는 눈이 녹기를 기다린다'라는 문장이다.

어머니는 이 문장이 얼마나 좋으셨던지 휴대전화 메신저의 상태 메시지까지도 이걸로 해놓으셨다. 나도 이 문장을 참 좋아한다. 왜냐하면 이게 내가 지향하는 삶의 모습이기 때문이다.

이 글귀처럼 쌓인 눈에 연연하지 말고, 떳떳하게 꿋꿋이. 방법이 없고 길이 없다고 좌절하지 말자. 단지 내가 못 찾은 것일 뿐이니까. 그리고 이 생각들은 아직까지 잘 통하고 있다. 남들이 다 미쳤다고 뜯어말렸던 히말라야를 두 번이나 다녀오고, 거의 모든 사람들이 안 된다고 했던 미국 고등학교 교환학생까지 잘 다녀왔다.

나는 그렇게 눈을 밟아 내 길을 만들어 왔다. 물론 앞으로도 그럴 것이

버드나무의 끝자락에서도 새 잎이 나기 시작한다.

브랜든과 함께 자르고 옮겼던 나무들.

마일 하이(Mile High) 산을 오르며 내려다본 친구들.

마일 하이 산에서 바라본 이글리버와 앵커리지 풍경.

다. 그 결과는 상상 이상으로 좋았다. 그런 길을 걸었기 때문에, 남이 겪지 못한 아주 힘든 고난도 많이 겪었고, 또한 남이 보지 못한 아주 아름다운 풍경도 많이 보았다.

이 모든 것들은 나에게 긍정적인 에너지를 주었다. 고난을 겪을 때는 교훈을 얻었고, 아름다움을 볼 때는 지식을 얻었다. 사람은 아는 만큼 보인다고 한다. 정말로 나 역시 많이 알아가면 알아갈수록, 그만큼 더 아름다운 세상을 볼 수 있었다.

학교와 피시방 정도밖에 몰랐던 내가, 콘크리트 밖으로 나가 하늘을 보았다. 그리고 내 주변의 생명을 보고, 넓은 들판과 높이 뻗은 산들을 보면서, 그 동안에 내가 생각했던 재미와는 또 다른 아주 특별하고 순수한 재미를 찾았다. 그것은 나에게 엄청난 행운이었다.

예를 들자면, 그저 고통뿐이라고 생각했던 등산도, 이제는 한 발, 한 발 올라서다 보면 아주 높은 곳에 와 있다는 성취감을 느낄 수 있었다. 그 높은 곳에서 내려다보는 풍경의 특별함과 아름다움을 알게 되었다. 그리고 봄이 되면 솟아나는 옅은 녹색의 파릇파릇함과 여름의 풍요로운 진녹색, 가을의 운치 있는 붉은색과 겨울의 순수한 흰색까지, 다른 길에 들어선 순간 여태껏 보지 못했던 아름다움들이 속속 보이기 시작했다. 이처럼 이제는 아주 척박한 사막에서 오아시스라는 희망을 발견할 수 있는 길을 만들어낼 용기가 생긴 것이다.

교환학생 친구들과 함께. 야호!

나, 너, 그리고
우리 모두의 꿈을 위해서

　　사람이 꿈을 꾸고 미래를 생각한다는 것은 아주 특별한 능력이라고 생각한다. 하지만 정말 웃긴 건, 그 미래가 정말 그렇게 될지는 그 누구도 모른다는 점이다.

　　그래서 미래란 하나의 흰 도화지라고 생각한다. 내가 앞으로 그릴 수 있는 무궁무진한 도화지 말이다. 무엇이 그려질지는 아무도 모른다. 누가 뭘 그릴지도 아무도 모른다. 심지어 내가 뭘 하나 그렸을 때 그게 '인생'이라는 하나의 큰 그림에 맞는 것인지조차도 그 그림이 완성될 때까지는 아무도 모른다.

　　이런 불확실하고 불안정한 상황에서, '내 그림은 멋질 거야.' '나는 이 그림을 잘 그릴 수 있을 거야' 하는 긍정적인 희망은 정말 커다란 힘이 된다. 우리는 그 힘을 믿고, 다만 그냥 그 그림을 하염없이 그려나갈 뿐이다. 심지어는 그 그림 하나하나도 사람마다 다 다르다. 똑같은 법이 없다. 하지만 또 서로서로 곧잘 도와주고, 때로는 도움을 받으며 그림을 그린다.

정말 신기하다.

다른 사람을 만나고 그 사람에게서 나오는 다른 방식의 무언가를 발견하고 배우는 것은 항상 즐겁다. 나는 이걸 교환학생 프로그램의 가장 큰 장점으로 본다. 나와는 정말 근본적으로 다른 세계에서 나와 비슷한 시간을 살아온 친구의 이야기를 듣고, 내 이야기를 나누는 것은 말 그대로 어디서도 할 수 없는 값진 경험이다.

메이지(Mazie)뿐만 아니라, 알래스카에서 만난 친구들은 모두 자신의 꿈을 알고 있었고, 그 꿈을 향해 달려가는 중이었다. 우리는 가끔 그 꿈들에 대해 이야기를 나누곤 했다.

그런 대화를 통해서, 내가 알지 못했던 세계를 맛보는 것은 아주 특별

살아온 가치관, 환경 등 모든 조건이 다른 친구들과 만나고 대화하며
서로를 이해하는 것은 책상에 앉아서 공부만 해서 얻을 수 있는 그 무언가는 아니다.
메이지와 함께.

한 짜릿함이기도 했다. 초등학교, 아니 유치원 때부터 좋은 대학교를 나와야 하고, 그러기 위해서는 공부를 아주 열심히 해야 한다는 교육만을 받은 나로서는 완전히 다른 세계였기 때문이다.

자신이 뭘 잘하는지, 뭘 좋아하는지를 생각하고 자기에게 맞는 미래를 설계하는 친구들을 보며 신선한 충격을 받았다. 아주 좋은 예로, 내 두 번째 호스트 형이자 가장 친한 친구였던 브랜든(Brandon Lowe)은, 고등학교를 졸업했지만 대학교로 진학하지 않았다.

브랜든은 자신의 조부모님이 살아오신 인생을 살고 싶어 하는 친구다. 브랜든의 꿈은 건축가가 되는 것인데, 그래도 대학에 무조건 가야만 한다는 생각이 있었던 나는 이렇게 물었다.

"야, 근데 대학은 보험 같은 것 아니냐? 물론 지금 당장에서야 네가 하고 싶은 일에 관련이 많이 없다고 하지만, 혹시나 무슨 일이 생길지 알 수 없잖아."

그러자 브랜든의 대답은 이랬다.

"솔직히 말해서 난 대학에 투자하는 시간과 돈이 너무 아까워. 지금 필요하지 않

때때로 브랜든은 독서광이 되기도 했다. 교과서와는 상당히 먼 거리를 둔 친구였지만, 자신이 관심 있는 분야에 관해서는 그 누구보다도 읽기를 좋아했다.

는데 굳이 할 필요도 없고 말이야. 난 내가 열심히 하면 될 거라는 걸 알거든. 그래도 나중에 필요하면 가지 뭐. 나는 나 자신을 믿거든."

'나는 나 자신을 믿거든.'

이 한 마디가 마치 우리가 그때 던졌던 작은 폭죽처럼 내 머릿속에 스파크를 일으켰다. 내가 뭘 하든, 내가 그 일을 즐기고 또 잘할 자신이 있다면, 그런 여러 가지 걱정들을 할 만한 여유가 있을까. 그렇다. 나는 여태 나 자신에게 확신을 가지지 못했던 것이다.

그래서 나는 보름달보다 반달을 좋아한다. 보름달은 아주 크고 밝기는 하지만 모든 게 다 밝아서 뭐랄까, 아주 적나라한 그런 달이다. 하지만 반달은, 적당히 밝으면서 완전히 암흑인 나머지 반쪽이 있다. 그리고 솔직히 얘기해서, 그런 면에서 반달이 보름달보다 나랑 닮았다. 어느 정도 밝게 빛나는 부분도 있지만 또 반대편은 완전한 암흑천지인 것처럼 말이다.

거기 무엇이 있는지는 달이 보름달이 되기 전까지는 아무도 모른다. 하지만 우리는, 그 달이 보름달이 될 거라는 걸 알고 있다. 또 그 달이 보름달이 되면 아주 아름답고 찬란하게 빛나리란 것도 알고 있다.

저 반쪽엔……

무엇이 숨겨져 있을까?

길 을
떠 나 다

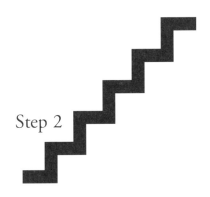

Step 2

알래스카의
밤 풍경이 남긴 추억

솔직히 말해서 알래스카는, 아주 극단적인 곳이다. 뭐 하나 중간으로 갈만한 게 잘 없다. 땅덩어리는 미국에서 가장 크고, 그에 반해 인구는 가장 적다든가, 혹은 가장 북쪽에 위치한 주이면서 동시에 가장 동쪽에 위치한 주라던가. 하여튼 '가장'이라는 단어와 연관이 참 깊다. 그리고 이중 하나가, 겨울에는 해가 안 뜨고, 여름에는 해가 안 진다는 사실이다.

내가 사는 앵커리지에서는 5시간 28분이 가장 짧은 일출과 일몰 간격이었고, 알래스카 북쪽에 위치한 배로우에서는 67일간 해가 아예 뜨지 않는다. 또한 앵커리지의 5시간 28분도, 일출과 일몰 기준이어서 그렇지, 솔직히 말해서 한겨울엔 하루 중에 해가 중천에 떴다는 느낌을 단 한순간도 받지 못할 때도 많았다.

처음에 알래스카에 도착했을 때, 첫 호스트 엄마는 이렇게 말씀해주셨다.

"겨울에는 네가 학교에 있을 때 해가 뜨고, 학교에서 나올 때쯤 지기 때문에, 학교에 있는 동안은 해가 떠 있다는 걸 못 느낄 거야."

물론 처음에는 허풍이겠거니 하고 넘겼다. 하지만 몇 개월 뒤, 나는 몸으로 그 상황을 체험할 수 있었다. 그런 까닭에 알래스카에서는 진풍경이 연출되는 걸 볼 수 있는데, 가을이나 겨울쯤 마트에 가면 고용량의 비타민 D 보조제는 항상 동이 나 있다. 이곳에서는 해를 못 보고 사는 만큼 보조제로라도 비타민 D를 충분히 보충해 주어야 하기 때문이다.

나도 사실 처음에는, '에이, 저 조그만 알약 하나가 대단하면 뭐 그리 대단하겠어!' 하고 대수롭지 않게 여겼는데, 이상하게 졸리고 기운이 없었다가 약 복용 1주일 만에 그런 증상이 싹 사라지는 걸 보고 믿게 되었다. 어쨌든 알래스카에서는 이토록 아주 기나길고 어찌 보면 지루하다 할 정도의 밤이 있지만, 알래스카의 밤은 낮 못지않게 아주 아름답다. 오염되지 않은 청정 지역 하늘에 수놓아진 수천, 수만 개의 별들, 그리고 가끔씩 나타나는 오로라는 길고 지루한 밤을 전혀 지루하지 않게 바꾸어 준다.

뷰파인더 너머로 본 알래스카의 밤

—

알래스카에서 가끔씩은, 정말 잠이 오지 않는 밤이 있었다. 이유야 무엇이 되든, 침대에 누워 있으면 여러 가지 생각들로 잠이 오지 않는 그런 밤말이다. 사실 몇 년 전부터 그런 상황이 꽤 있어서, 그때부터 어떻게 하면 그 시간을 알차게 때울 수 있을까 하는 고민을 참 많이 했다.

물론 그 다음날 학교를 가야 하거나 일이 있는 경우, 최선을 다해서 자려고 노력한다. 하지만 그 다음날이 주말이거나 정말 계획이 없는 날이라면 흘러가는 그 시간이 정말 아깝다. 여태까지야 영화를 본다든가, 휴대폰을 들여다본다든가 하면서 시간을 보냈다. 하지만 사실 그런 활동들은 딱히 생산적이라는 느낌이 들지 않아서 시간을 그냥 버리는 것만 같았다. 그래서 하루는 카메라를 들고 밖으로 나갔다.

역시나 뷰파인더 너머의 세상은 내가 눈으로 보는 것과는 또 다른 느낌이었다. 맨눈으로 볼 때는 잘 느끼지 못했는데, 장노출 사진을 찍어보니 새하얀 눈이 아주 훌륭한 반사판이 되어 주었다. 마치 그 반사판에 아주 완벽한 인공 광원을 쓴 것처럼 은은한 불빛이 정말 예술이었다. 게다가

조여진 조리개에서 나온 빛 갈라짐과의 조화는, 낮에는 절대 담아낼 수 없었던 색다른 아름다움이었다.

형형색색의 아름다운 꽃 대신에 피어 있는 새하얀 눈꽃은, 이런 조건들과 어우러져서 마치 꽃노년의 할머니, 할아버지처럼 수수하면서도 우아한 자태를 발산하고 있었다. 또한 그 속에 수놓아진 인간이 만들어낸 여러 가지 불빛들과의 조화는, 마치 손자와 손녀를 보듬고 있는 듯한 따뜻한 할머니의 모습을 연상시키는 듯 했다.

나는 고개를 들어 하늘을 보았다. 하늘에서는 얇은 구름 사이로 별들이 마치 자기도 이 밤의 주인공임을 뽐내는 듯이 서로 경쟁하며 밝게 빛났다. 또한 그 별들은 북극성을 중심으로 회전하며, 아주 아름다운 곡선을 그려냈다. 가만히 보고만 있을 때는 정적이라고 생각했던 저 별들도 알고 보니 천천히 자신의 자리를 남과 나누며 같이 회전하고 있었다. 이러한 신선한 생각의 반전들로 밤이 전혀 지루하지 않았다. 조금만 시각을 바꾸니, 이런 아름다움들이 내 눈과 마음에 찾아 들어왔으니 말이다.

오로라와의 아찔한 만남

알래스카의 밤을 더욱더 특별하게 만들어주는 자연의 선물이 하나 더 있다. 극지방에서만 볼 수 있는 오로라가 그것인데, 실제로 보면 정말 내가 알고 있는 단어 중에서는 아름다움을 완벽하게 설명할 수 있는 단어가 없을 정도로 찬란하다.

야심한 밤, 캄캄한 밤하늘을 무대 삼아 펼쳐지는 오로라의 춤사위는, 그 자체로 스포트라이트가 되고, 공연자가 된다. 나는 알래스카에 있을 때 오로라를 한 너덧 번 정도 보았는데, 그중 내가 사진을 찍을 수 있었던 순간은 단 한번 뿐이었다. 그것마저도 나머지 네 번은, 정말 우연찮게 보았고, 마지막 한번, 내가 사진을 찍어야겠다고 결심했을 때는 약 3주 정도를 자나 깨나 기다렸다.

매일 수시로 UAF(University of Alaska Fairbanks, 알래스카 주립대학교 페어뱅크스 캠퍼스)에서 제공하는 온라인 오로라 기상 예보를 확인했다. 그리고 수치가 좀 높다 싶은 날이면, 밤에 1시간 단위로 예보와 하늘을 체크했다. 그렇게 기다리기를 3주. 드디어 Kp 지수(지구 자기장 활동의 정도를 나타내는 지수. 0~9까지 있다)가 6을 넘었다. 이날이 일요일 밤이었는데, 이미 2월이

단 한번 뿐이었던 기회.
아주 아름다웠던 한밤중의 오로라 댄스는 코피를 흘려가며 볼 만한 가치가 분명히 있었다.

되었기에, 올해 마지막 오로라를 볼지도 모른다는 생각이 들었다. 그래서 내일 학교에 가야 한다는 사실도 제쳐놓고 새벽 2시까지 기다렸다.

하지만 좀처럼 오로라는 그 모습을 드러내지 않았고, 마지막으로 예보를 확인해 보니 새벽 4시가 확률이 가장 높았다. 결국 2시간 정도 잔 뒤에 4시에 일어나기로 계획한 뒤, 알람을 10분 단위로 5개 정도 맞춰놓고 잤다. 보통 때라면 그런 알람에도 꿋꿋하게 잠을 잤겠지만, 왠지 그날은 첫 번째 알람에 벌떡 깼다. 그래도 몸은 이해를 못하겠다는 듯이 깨자마자 코피를 한바탕 쏟았다. 하지만 코피 따위가 나를 막을 수 없다고 나 자신에게 자기 최면을 건 뒤, 대충 휴지로 코를 막고 밖으로 나갔다.

그 다음에 내가 본 장면은 정말 형용할 수 없을 정도로 아름다웠다. 그 장면을 본 순간 나도 넋이 나갔는지, 한 3분 정도를 영하 20도의 바깥에서 외투도 없이 서 있었다. 가까스로 정신을 차려 보니 난 수면바지에 티셔츠 말고는 아무것도 걸치지 않은 상태였다. 서둘러 내 방으로 뛰어 올라가서 옷과 장비들을 챙겼다. 삼각대에 카메라를 꽂고, 밖으로 나가서도 정말 문 앞에서 멍하게 바라만 보고 있었다.

옷을 다 입고 있어서 아까와는 다르게 아주 따뜻한 상태였으므로, 아까처럼 다른 것들을 신경 쓸 새가 없었다. 그리고 솔직히 카메라를 갖고 나왔는데도, 내가 이 장면을 잘 담을 만큼 사진 실력이 되는지에 의문이 들었다. 그래서인지 사진을 찍을까, 말까도 엄청 고민을 많이 했다. 평소 같았으면 한 컷이라도 더 많이 찍으려고 마구 셔터를 눌러댔을 테지만, 사람이 정말 지극히 아름다운 것을 보니 이런 망설임이 생겼다. 그러고 나서는 또 현실로 돌아왔다. 오로라가 아까보다 많이 약해졌던 것이다.

마음이 급해진 나는 카메라를 세팅한 뒤, 마구 셔터를 눌러댔다. 그렇

스카이뷰 꼭대기에서 본 앵커리지와 이글 리버 야경.

게 몇 컷 찍었을까. 사건이 터졌다. 비탈에 세워두었던 삼각대가 넘어진 것이다. 하지만 신경 쓸 겨를 따위는 없었다. 이리 옮기고, 저리 옮기며 계속 그렇게 사진을 찍었다. 그렇게 마구 사진을 찍다 보니 어느덧 시간은 흘러 아침 6시가 되었다. 이제 30분 뒤면 학교를 가야 했기 때문에 집 안으로 들어와서 찍은 사진들과 카메라를 확인해 보았다.

그러자 아뿔싸……! 카메라에 뷰파인더가 깨져 있었다. 밤하늘을 찍느라 액정 화면을 이용했기 때문에 뷰파인더를 들여다볼 이유가 없었다. 그래서 뷰파인더가 깨졌다는 것을 알 길이 없었다.

애석하게도 내 뷰파인더 유리는 산산조각이 나 있었다. 하지만 또 한편으로는 내가 이런 멋진 사진을 찍는데 뷰파인더가 깨졌다는 사실을 알았더라면, 더욱 방해가 되었을 것이라는 생각이 들었다. 이처럼 다르게 생각하니 다행이라는 생각도 들었다. 긍정적으로 생각해 보면, 대신에 이런 멋진 사진을 찍을 수 있는 기회가 있었으니까.

실제로 이 오로라는 내가 본 그해 마지막 오로라였다. 물론 사진은 내가 보았던 실제 오로라보다 훨씬 더 이상하게 나왔지만, 이 정도만으로도 내게 기억의 방아쇠가 되기는 충분했다. 요즘도 나는 이 오로라 사진을 보면, 아직도 여전히 그때가 떠올라 행복해지기 때문이다.

처음 만나는 파티,
그리고 또 파티!

미국에 있었던 1년 동안 정말 운이 좋게도 참 많은 친구들을 사귈 수 있었다. 또한 그 친구들과 셀 수 없이 많은 추억들을 만들 수 있었다. 그 일들은 친구들과 어울려 다니면서 맛있는 것도 같이 먹고 좋은 구경도 많이 했던 것 같은 작고 사소한 일들부터, 처음 가 보았던 댄스파티라든지, 그냥 탁구치고 같이 놀던 친구인 브랜든(Brandon Lowe)이 가족으로서 나와 정을 나누게 된 일같이 아주 감동적이고 드라마틱했던 순간들까지 다양했다. 여기서는 내가 친구들과 쌓았던 추억 몇 가지를 공유하고자 한다.

"파티다, 야호!"

공식적인 파티부터 사소한 파티까지

—

　미국에서는 파티가 아주 흔하고 자연스러운 행사였다. 보통 우리가 파티에 대해서 생각하면 으레 정장(턱시도)을 차려입고 샴페인을 마시며 즐기는, 화려하고 사치스러운 이미지가 강하다. 하지만 미국에서는 그런 공식적이고 예의를 갖춘 큰 파티에서부터, 집에서 간단히 친구들과 시간을 보내는 홈파티까지 여러 종류의 파티가 다양하게 많았다.

　그중에서도 기억에 남는 파티가 몇 가지 있는데, 가장 기억에 남는 파티는 학교에서 진행했던 굵직한 댄스파티였다. 보통 한 학년에 두 번 정도 있는 파티인데, 첫 미식축구 홈 경기날 밤에 하는 홈커밍 댄스와 우리에게는 졸업파티라는 이름으로 더 친숙한 프롬이다.

　내가 있던 학교인 추기악(Chugiak) 고등학교에서는 올해 홈커밍이 9월 중순쯤, 그러니까 내가 알래스카에 도착하고 약 한 달 정도 지난 뒤에 있었다. 그 파티가 나에게는 첫 댄스파티였다. 물론 CIEE 재단의 뉴욕 오리엔테이션 때 뉴욕의 허드슨 강 위에서 잠깐 열렸던 파티도 있었지만, 정말 잠깐이었다. 그리고 아무것도 몰랐을 때라 마냥 지켜보기만 했다.

　그때 불가리아에서 온 교환학생 친구인 이나(Ina)가 나를 끌어들이기까지 했는데, 나는 오히려 거기서 빠져나오려고 했다. 지금 생각하면 한숨이 나온다. 여자애가 나를 '끌고' 가기까지 했는데, 고작 내가 했던 말이라곤 "No, No"였으니…….

홈커밍과 오로라

———

홈커밍도 상황은 매 한가지였다. 뭐 딱히 해본 적도 없고, 아는 게 없으니까 파티 같은 게 재미가 없었다. 뭐가 뭔지도 잘 모르겠고, 해보지도 않은 거라 흥미가 생기지는 않았다. 그런데 어느 날 갑자기 같이 놀던 친구 라이언(Ryan Tester)이 홈커밍에 가냐고 물어왔다. 나는 사실 딱히 흥미가 없어서 "음…… 그냥 잘 모르겠는데? 꼭 가야 해?"라고 되물었다.

그랬더니 라이언이 굉장히 답답하다는 듯이 "야, 그거 정말 재밌다니깐! 가자!"라고 말했다. 난 춤 같은 건 못 추는데 어쩌나 싶어서 또 이렇게 물어봤다.

"야, 근데 나는 춤출 줄 몰라. 한 번도 안 해 본 거라 좀 걱정된다."

이 말에 라이언에게서 되돌아온 대답은 간단했다.

활짝 웃고 있는 코미디 팀 친구들의 홍보용 사진.
이 사진은 나중에 지역신문인 〈알래스카 스타(Alaska Star)〉에 실렸다.

"누군 알아서 가냐!"

이런 대화를 나눈 후에 집으로 가니, 그날 저녁에 호스트 엄마도 내게 홈커밍에 대해 물으셨다.

"범수야, 너네 학교는 홈커밍 언제 하니?"

이렇게 말씀하시길래, 난 또 그냥 답답하게 대답했다.

"몇 주 뒤에 한다는 것 같던데요? 근데 갈지, 안 갈지 잘 모르겠어요. 꼭 가야 하나요?"

나의 이 애매모호한 대답에 호스트 엄마가 내놓은 대답은 나를 더 헷갈리게 만들었다.

"홈커밍은 학교에서 하는 큰 파티 중 하나고, 미국 고등학교에만 있는 행사라 그런 문화를 느끼고 싶다면 가는 게 좋을 거야. 하지만 난 고등학교 다닐 때 가지는 않았어. 왜냐하면 나에게는 어린 애들과 시덥지 않은 댄스를 추는 것보다는 메탈리카의 콘서트에서 신나게 머리통을 흔들어 대는 게 더 중요했거든. 가기 싫으면 안 가도 돼."

물론 지금 생각해 보면 저 말씀은 '가라, 두 번 가라, 꼭 가라!'였지만, 그때는 이 말의 의미를 파악할 수 없었다. 그렇게 한 2일 정도를 고민하다가, '아! 사나이가 깡이 있지! 뭐 그리 큰일이라고!' 하는 각오로 당차게 가겠다고 결심했다. 지금 되돌아 보면, 뭐 그리 대단한 결정이라고…….

그런데 그렇게 결심을 하고 나서도 정말 확실한 생각은 아무것도 없었다. 뭘 어떻게 해야 하는지를 모르니까. 그래서 그냥 그런 쪽으로 가장 밝을 것이라고 생각했던 내 영혼의 친구인 '열정의 라티노' 안드레스와 갔다.

나는 안드레스가 나에게 뭘 많이 가르쳐 줄 수 있을 줄 알았다. 왜냐고? 그는 라티노였으니까. 남미에선 오히려 이런 파티 같은 걸 더 많이 하니까 내심 기대를 걸었다. 하지만 실제 파티에서 안드레스는 정말 '가만히' 있었다. 그리고 후에 이걸 갖고 친구들과 엄청 놀려댔다. 남미에서 온 애가 여자를 안 밝히고, 춤도 안 춘다고.

어쨌든 그날 깔끔하게 정장을 차려입고, 시간 맞춰 학교에 도착하니, 정말 모두들 잘 차려입고 기쁜 표정으로 기다리고 있었다. 라이언을 만나서 입구에서 표와 ID 카드를 확인하고 파티가 열리는 안쪽으로 들어갔다. 그랬더니 그곳의 풍경은 처음 이런 파티에 와 본 나마저도 '와……, 이런 게 파티구나' 싶을 정도의 분위기였다. 아주 큰 음악에, 웃고 즐기는 친구들까지. 처음 한 10분 정도는 그렇게 정신이 없었다.

그런데 솔직히 딱 그 10분이 지나고 어느 정도 분위기에 적응이 되니까, 그냥 나 자신을 그곳에 던지게 되었다. 딱히 다르게 설명할 만한 길은

홈커밍 댄스 파티장에서 일본에서 온
나오(Nao Yamada)와 안드레스(Andres Estrella)와 함께.

홈커밍 댄스에 가기 전 지역 관리자 집에서 안드레스와 함께.

없는 것 같다. 나조차도 정말 뭐에 홀린 듯 미쳐 있었다. 그런 상태가 되니 평생 갈 것 같았던 2시간은 말 그대로 총알처럼 지나갔다. 내가 그 당시 느끼기엔 진짜로 총알보다 빨랐다. 그게 내 첫 댄스파티였다.

게다가 나는 이날 아주 아름다운 풍경을 처음 보았다. 홈커밍이 끝난 뒤 밖으로 나오니, 모든 사람들이 넋을 놓고 하늘을 바라보고 있었다. 나도 정말 아무생각 없이 하늘을 올려다보았다. 그때부터 넋을 잃고 5분 정도 동안 나도 하늘만 바라보았다. 그건 바로 내가 첫 오로라를 보았기 때문이다.

9월의 밤하늘에서 오로라는, 우리가 아까 2시간 동안 즐겼던 것처럼 아주 열정적으로 춤을 추고 있었다. 우리와 다른 점이라면 간단하다. 미친 듯이 놀았던 우리와는 다르게, 오로라는 아주 우아하고 여유롭게 춤을 추고 있었을 뿐이다. 비유하자면, 마치 클럽과 무도회의 차이처럼. 그리고 나는 오로라를 처음 본 순간 저걸 내 카메라에 담아가기로 결심했다.

홈커밍에 이어 프롬까지 접수하다

홈커밍이 내게 미쳤던 또 다른 긍정적인 영향이 있다. 그것은 바로 나를 빠른 속도로 미국 문화에 적응하게 해준 것이다. 정말 많은 친구들을 홈커밍에서 처음 만났고, 그 친구들은 내가 미국에서 적응하는데 아주 큰 힘이 되어주었다. 그렇게 미국이라는 곳에 적응이 되었고, 이제는 나도 다른 친구들처럼 프롬이라는 파티가 또 아주 기다려졌다. 물론 중간에 코티용이나 몇몇 개인 파티들이 있기는 했다. 하지만 프롬은 1년 중 가장 큰 파티행사고, 졸업 파티이기 때문에 11, 12학년만 들어갈 수 있는 아주 격식을 갖춘 공식적인 행사였다.

같이 갔던 그룹 친구들. 모두들 잘 차려입었다.

심지어 학교에서도 2~3개월 전부터 프롬을 홍보하고 티켓을 판매하는 등 다른 파티들과는 비교되는 규모를 자랑한다. 그랬던 만큼 이번에는 나도 제대로 즐겨보고 싶었다. 그래서 내 영혼의 친구인 안드레스와 함께 의논을 했다. 역시나 이 조용한 라티노 소년은 파티 같은 것엔 전혀 관심이 없었다. 이런 모습 때문에 친구들은 항상 우리 둘을 인종간의 선입견을 없애준 사람들이라고 한다. '조용한 라티노와 시끄러운 아시안'.

어쨌든 난 혼자 준비를 시작했다. 또 내 호스트 브라더이자 가장 친한 친구였던 브랜든(Brandon Lowe)에게도 물어봤다. 브랜든은 12학년 졸업반이라서 당연히 프롬에 갈 줄 알았다. 그랬더니 돌아온 대답은 의외였다.

"아니, 인간적으로 프롬은 너무 비싸. 난 300달러를 하룻밤에 투자하느니, 차라리 내가 쓰는 공구를 더 좋은 걸로 하나 더 사겠어."

이런 그의 대답은 역시 브랜든다웠다. 그렇게 뾰족한 수가 없이 지내던 어느 날, 카페에서 친구 줄리아(Julia Basset)를 만났다. 서로 숙제를 마친 뒤 집으로 돌아가기 전에 잠깐 이야기를 할 시간이 있었는데, 프롬 이야기가 나왔다.

줄리아는 10학년이라 혼자서는 프롬에 갈 수 없었다. 하지만 자기 언니가 있어서 언니가 데리고 가 주면 프롬에 갈 수 있었다. 그래서 같이 갈 사람이 있냐고 물어봤는데, 의외로 다른 사람이 물어봐 주기를 기다리고 있다고 했다. 그래서 나는 정말 무심결에 이렇게 말했다.

"너, 나랑 같이 갈래?"

사실 물어보고 나서도 딱히 기대는 안했다. '뭐 아니면 말고~' 하는 식으로 말했는데, 세상에 맙소사! 돌아온 대답은 뜻밖이었다.

"정말? 진심이야? 내가? 너랑! 어! 당연히!"

의외의 반응이었다. 이렇게 우연히 난 프롬 데이트를 구했다.

솔직히 프롬이라는 행사를 준비하려면 돈이 참 많이 든다. 기본적으로 티켓 값만 1인당 60달러 정도이고, 그날 저녁식사와 턱시도까지 합치면 300달러 정도는 우습게 깨진다. 주머니 사정이 여유롭지 않은 교환학생이었던 나에게는 사실 하룻밤에 다 써버리기에는 큰돈이었다. 하지만 나는 '경험'이라는 명목 하에 큰맘 먹고 지불했다. 물론 그만큼의 효과는 보았다.

우리가 프롬에 가기로 한 다음 주에 줄리아와 나는 먼저 드레스를 고르러 갔는데, 여러 개의 후보들 중 하나의 드레스가 나와 줄리아의 눈에 띄었다. 그 드레스는 남색의 투피스 드레스였는데, 장식과 스타일이 줄리아에게 아주 잘 어울렸다. 처음에 줄리아가 입고 나왔을 때 나는 너무 좋아

아주 고급스러웠던 프롬 저녁. 모두들 즐거웠다.

서 걔도 좋아하길 바랐다. 운이 좋게도 줄리아는 그게 제일 마음에 든다고 말했다.

그리고 나는 내 턱시도를 빌릴 때, 타이 색깔과 조끼 색깔을 줄리아의 드레스 색에 맞추었다. 프롬이 열리는 날 저녁은 'ORSO'라는 앵커리지의 유명한 레스토랑에서 생선 요리를 먹었는데, 아주 맛있었다.

이후 프롬 장소에 도착하니, 프롬은 홈커밍과는 아주 다른 느낌이었다. 홈커밍이 약간 왁자지껄하고 클럽 같은 분위기였다면, 프롬은 훨씬 넓은 공간에서 더 적은 사람들이 여유롭게 즐기는 분위기였다. 물론 중간에 분위기가 달아올랐을 때는 비슷한 분위기이긴 했지만, 홈커밍과는 분명히 다른 구석이 있었다. 어쨌든 내 생애에서 가장 호화롭고 사치스러운 밤은 그렇게 아주 순식간에 흘러가버렸다.

알래스카에서 만난
아주 특별한 축제

　　매년 알래스카에서는 수많은 축제가 있다. 특히 우리에겐 아주 특이하게 느껴지는 아이디드로드 트레일 개썰매 레이스(Iditarod Trail Sled Dog Race)라든지, 지금 이야기할 앵커리지 퍼 랑데부(Anchorage Fur Rendezvous) 등의 축제가 있다. 퍼 랑데부의 역사는 1930년 중반으로 거슬러 올라간다.

　　지금은 앵커리지가 그래도 조금 큰 도시이지만, 1930년의 앵커리지는 정말 아무것도 없는 인구 약 3천명의 보잘것없는 작은 동네였다. 그래서 겨울이 되면, 그당시 앵커리지 사람들의 생활은 매일 눈을 치우고 하루하루 연명하는 게 전부였다.

　　그런데 앵커리지 퍼 랑데부의 아버지인 번 존슨(Vern Johnson) 씨는 이런 따분한 삶을 어떻게 하면 바꿀 수 있을까, 그 방안을 모색하기 시작했다. 결국 그와 그의 친구들은 3일간의 겨울 축제를 하기로 했다. 그렇게 1935년 2월 15일부터 17일까지 3일간의 스포츠 축제가 열렸다.

앵커리지에 있었던 아주 특이했던 시계. 자고로 시계광은 시계 사진을 꼭 찍어줘야 한다.

사슴과 달리기 전에 스노머신을 탄 사람들이 안전을 확인한다.

말을 잘 듣지 않는 사슴들은 끌려 나간다.

이 축제는 거의 모든 앵커리지 주민들과 많은 알래스카 광부들이 와서 즐겼는데, 이는 퍼 랑데부의 시초가 되었다. 그 후 이 축제는 대내외적으로 많은 관심을 불러 모았기에, 10일간의 축제로 연장되었다. 이 축제 중에는 굵직굵직한 행사들이 많은데, 공식적인 모피 경매가 열리기도 하고, 전 세계에서 가장 유명한 개썰매 경주인 아이디트로드 레이싱의 출발을 한다. 물론 이제는 진짜 레이스 출발을 윌로우(Willow, AK)에서 하지만, 그래도 축제 성격으로의 출발은 앵커리지 4가에서 한다. 또한 꽃사슴과의 달리기 대회도 있다. 10일간의 이 축제에는 아주 특별한 전통이 있는데, 축제 기간 동안 모피를 입는다는 사실이다.

여기에는 사연이 있다. 앞에서도 설명했듯이, 이 행사는 1935년부터 시작된 아주 역사가 오래되고 전통이 있는 행사다. 그리고 이 축제는 겨울에 열렸기에 따뜻한 옷이 필요했다. 하지만 지금은 우리를 추위로부터 지켜줄 수 있는 아주 흔한 다운재킷이 그때는 없었기에, 그 당시 사람들이 흔히 입고 다녔던 모피가 하나의 전통으로 굳어진 것이다.

물론 이 모피가 요즘 개인의 취향에 따라서는 아주 징그럽거나 무서울 수도 있다. 머리 위에 동물의 머리 가죽을 쓰고 다닌다는 게 그리 썩 유쾌한 장면은 아니기 때문이다. 그러나 그 역사를 생각해 본다면, 충분히 이

신나게 달리는 꽃사슴들.

해할 수 있다고 생각한다.

꽃사슴과의 레이스

—

나는 실제로 꽃사슴과의 레이스 행사를 다녀왔다. 이 행사는 앵커리지 4가에서 펼쳐지는데, 퍼 랑데부 축제 기간 동안은 4가에 모든 차의 출입이 통제된다. 그리고 개썰매 레이스를 하기 위해 도로를 눈으로 뒤덮어버리는데, 이 행사는 그 눈 위에서 우스꽝스러운 옷을 입고 사람과 꽃사슴이 섞여서 달리는 아주 재미있는 경주이다.

눈길이 미끄러우니 넘어지는 사람도 있었고, 달리기 싫어하는 사슴들의 탈주에서부터 우스꽝스러운 코스튬을 보는 재미까지 아주 재미있고 다양한 볼거리가 있었다. 비록 내가 직접 달리지는 않았지만 말이다. 게다가 올해는 눈이 적게 온 탓에 진풍경이 연출되기도 했는데, 앵커리지에 눈이 충분히 안 와서 개썰매 레이스와 꽃사슴 레이스에 쓸 눈을 저 북쪽의 페어뱅크스에서 기차로 실어 왔다!

기차의 모습도 압권이었다! 커다란 석탄 수송차 약 10량 정도가 새하얀

정말 별의별 기상천외한 코스튬들이 많이 나온다. 이 정도는 애교 수준.

눈으로 가득 차 있었다고 상상하면 어떤 모습일지 짐작이 갈 것이다. 단지 이 이벤트를 위해서 도로 위에 뿌릴 눈을 그런 대단한 노력을 들여서 퍼 온다는 게, 이 축제가 얼마나 크고 중요한지를 말해준다.

모든 것이 많이 발전되고, 충분히 즐길 거리가 풍부해진 지금도 이렇게 재미있고 신나는 요소가 많은데, 정말 아무것도 없었던 1930년대에는 이 축제가 얼마나 기다려졌을지 감히 상상조차 하기 힘들다. 아마도 이 축제는 알래스카 사람들에게는 겨울의 고단함을 잊을 수 있는 북극의 툰드라와 같은 의미였으리라.

피사체와 소통하며
사진을 찍는 즐거움

세상에는 나와 다른 것들과 소통할 수 있는 여러 가지 방법이 있다. 예를 들어 직접적으로 말을 걸어 본다든지, 글을 써서 그 글을 공유한다든지 말이다. 그리고 내가 개인적으로 좋아하는 방법으로 그 사물의 특징을 최대한 살려서 사진 찍기가 있다. 하지만 여기서 많은 사람들이 '사진은 일방적으로 내가 찍는 건데 어떻게 이게 소통이 되냐?' 하고 의문을 가질 것이다.

물론 사진을 찍는 그 순간은 일방적인 게 맞다. 하지만 그 한 장의 사진을 찍기 위해, 그 피사체가 무엇이 되었든 그것과 교감을 해야 한다. '너는 어디로 움직일 거니?' '너는 지금 무슨 생각을 하고 있니?' '혹시 내가 못 본 다른 너의 모습이 있니?' 하고 말이다. 그리고 그렇게 교감을 해야만 그 피사체의 특징이나 사진의 전체적인 개념이 잡힌다.

한편으로는 이러한 소통이 교감이 아닌 '망상'이라고도 얘기할 수 있겠지만, 계속 사진을 찍다보면 그런 느낌이 든다. 하지만 아쉽게도 정확하게

호머에서 만난 대머리독수리. 자신감에 찬 눈빛은 그를 대적할 만한 동물이 없음을 잘 보여준다.

그것을 증명할 수 있는 방법이 아직은 없다.

특히나 동물 사진을 찍을 때에는 피사체와의 교감이 아주 중요하다. 동물은 항상 움직이고 생각하기 때문에, 그 생각을 사진에 얼마나 잘 반영하느냐가 결과물을 좌우하기 때문이다. 저 동물은 지금 뭘 하려 하는지, 무슨 생각을 하는지 알아낸 다음, 그 동물의 움직임을 예측해서 셔터를 눌러야 하기 때문이다.

우리 호스트 가족은 '호머(Homer, AK)'라는 작은 도시에 별장이 하나 있었다. 호머는 키나이 반도(Kenai Peninsula)에 있는 어촌 도시로, 앵커리지에서는 차로 5시간 정도 가야 하고, 휴양과 낚시로 아주 유명한 도시다. 특히나 낚시의 경우에는 '세계 광어 낚시의 수도(halibut fishing capital of the world)'라고 불릴 만큼 광어 낚시가 아주 유명한 곳이다.

나는 한국으로 돌아오기 1주일 전에 호스트 가족들과 처음이자 마지막으로 다녀왔는데, 자연 경관이 아주 아름다운 곳이었다. 게다가 많은 종류의 동물들이 있었는데, 흔한 갈매기부터, 두루미, 해달, 퍼핀까지 마치 작은 야외 동물원 같았다.

특히나 호머에서는 무척 많은 독수리들을 볼 수 있었다. 거대한 날개를 쫙 펼치고 기풍 있고 당당하게 날아다니는 모습은 장엄하기까지 했다. 게

호머 스핏(Homer Spit)의 끝에서 본 호머의 전경.

다가 독수리가 괜히 하늘의 제왕이 아닌 게, 둥지는 항상 아주 높은 곳에 있었다. 그리고 어미 독수리는 그 주변 어디 다른 곳에서 항상 가장 높은 자리를 지키고 있다. 그래서 아무리 새끼 독수리라 할지라도 바위에 앉아 있으면 그 근처에는 다른 새를 찾아볼 수가 없었다.

물론 다른 한편으로는, 남들이 먹다 남은 고기를 먹는다는 부끄러운 면도 있다. 하지만 그의 위엄은 어떤 새라 할지라도 따라올 수가 없는 것은 사실이다. 색깔이 아주 매력적이었던 블루 제이나, 이전에 보지 못했던 회갈색의 두루미도 신선한 아름다움을 선사해 주었다.

또 많은 기대를 걸었던 해달은 생각만큼 그렇게 친절하지는 않았다. 인터넷에서도 한때 아주 유명했는데, 해달은 사람을 보면 허겁지겁 달려와

서 조개를 까 준다는 이야기였다. 그 이유는 "나를 해치지 말아요!"라고 말하는 것이라는데, 부둣가에서 본 수달 수백, 수천 마리 중 단 한 마리도 나에게 조개를 선물해 주지 않았다.

하지만 바다에 가족끼리 누워서 서로 떠내려가지 않으려고 손을 꼭 잡고 있다든가, 아니면 식사를 할 때 배영을 하면서 자신의 배 위에 먹잇감을 올려놓고 손으로 까먹는 모습은 꽤나 귀여웠다. 해달은 식사가 끝난 후 몸을 이리저리 뒤집어가며 자기 배를 씻는 모습을 보여주기도 했다.

게다가 차가운 물속에서도 살 수 있도록 꽤 뚱뚱한 몸매를 가지고 있어서, 여유롭게 유영을 즐기는 걸 보면 저절로 웃음이 나왔다. 사진에 찍힌 수달도, "나를 해칠 거예요?"라고 애처롭게 묻고 있는 눈빛이라기보다는, "나 밥 먹는 게 신기하냐? 뭘 쳐다봐?"하는 표정이어서 좀 더 현실감 있는 이미지를 연상시킨다.

사진을 찍다 보면, 보트의 꽁무니를 쫓아다니며 "야, 나도 먹을 것 좀 줘!" 하는 갈매기들이나, "난 좀 예쁘니까 잘 찍어 줄래?" 하는 블루 제이, 그리고 또 "다들 길을 비켜라! 독수리 나가신다!" 하는 독수리까지, 피사체가 내게 말하는 걸 들을 수 있다. 그리고 내게는 이런 소통이 사진을 찍는 즐거움이 된다.

그들은 항상 다른 새들보다 더 높은 곳에 있다. 둥지를 지키는 늠름한 수컷 독수리.

다 쓴 미끼를 던져주자 눈을 부릅뜨고 날아가는 갈매기.

호머에 있었던 캐나다두루미. 걸음걸이가 아주 도도하다.

알래스카 겨울 축제의
전통 속으로

알래스카의 겨울 축제 하면 빼놓을 수 없는 아주 큰 축제가 있다. 알래스카의 많고 많은 축제들 중에서도 당연하다고 말할 수 있을 정도로 무척 중요한 축제다. 바로 3월 초에 열리는 아이디트로드 트레일 개썰매 경주(The Iditarod Trail Sled Dog Race)인데, 전 세계에서 열리는 개썰매 경주 대회 중 가장 크게 치러지는 대회이다.

대회의 기본 개념은 알래스카의 남쪽인 윌로우(Willow, AK)에서 출발해서 1,000마일(1,600km)떨어진 놈(Nome, AK)까지 개썰매로 가장 빠르게 달리는 사람을 가리는 대회이다.

다양한 교통수단이 발달하기 아주 예전부터 개썰매는 알래스카의 중요한 운송수단이었다. 이는 알래스카 원주민들의 생존과 직결된 문제였기에, 알래스칸 허스키들과 그 썰매를 끄는 사람으로 이루어진 팀은 지역 사회에서 무척 중요한 역할을 했다.

여러 운송수단들이 발명된 뒤에도 상황은 크게 달라지지 않았다. 특히

알래스카에서 흔히 볼 수 있는 도로 풍경. 윌로우로 가는 길에서.

원주민 마을 사이에서 개썰매는 여전히 중요한 운송수단이었다. 제2차 세계대전 때에도 개썰매는 국경을 지키는 많은 원주민 순찰대들을 도왔다. 하지만 그것도 잠시, 1960년대 강철 개(Iron Dog)라는 별명의 스노머신(스노모빌)이 발명되면서, 진짜 개는 그 자리를 사람이 만든 강철 개에게 넘겨주어야만 했다.

그런데 1964년, 와실라-크닉 역사조사위원회(Wasilla-Knik Centennial Committee)의 의장이었던 도로시 페이지(Dorothy Page) 여사는 잊힌 알래스카의 전통에 대해 조사하던 중, 개썰매라는 중요한 전통을 찾아낸다. 그녀는 알래스칸 허스키와 개썰매 문화의 보존과, 수어드(Seward, AK)로부터 저 먼 북쪽의 놈(Nome, AK)까지 이어졌던 전설적인 교통로인 아이디트로드를 보존하기로 마음먹었다. 이를 위해 아이디트로드 길에서 벌어지는 개썰매 경주를 구상하게 되었다.

결국 이 아이디어는 아이디트로드 개썰매 경주라는 세계에서 가장 큰 개썰매 경주 행사를 만들어 냈다. 1,600km를 기계 없이 사람의 힘으로, 그것도 추운 겨울에 달린다는 게 정말 경탄스럽지 않은가? 그리고 올해는 이 기나긴 위대한 레이스의 출발을 내 두 눈으로 직접 볼 수 있어서 더욱 의미 있는 일이었다.

달리는 개들의 표정을 본 사람이라면,
누가 이들이 달리는 것을 즐기지 않는다고 말할 수 있는가.

호스트 가족과 함께한 개썰매 축제

이글리버에서 북쪽으로 약 2시간을 달려 윌로우 아이디트로드 출발점에 도착했다. 이번 여행은 호스트 누나인 브리아나(Breanna Lowe)의 남자친구 네이트(Nathan Jones), 그리고 그 둘의 아기 그레이슨까지 함께했다. 게다가 그레이슨을 데려간 덕분에, 우리는 행사장 안쪽의 지정 주차장을 이용할 수 있었다.

차에서 내리자마자 정말 방풍림 너머로 들려오는 개 짖는 소리가 아주 선명하게 들렸다. 그리고 그 소리는 동네에서, 아니면 집에서 키우는 개들이 짖는 소리와는 확실히 달랐다. 아주 열정적이고 우렁차게 짖어대어서, 마치 목소리에 살기마저 띠고 있다는 느낌이 들었다.

이 대회의 출발 지점은 윌로우에 위치한 한 호수였다. 그곳에는 눈과 얼음이 아주 두껍게 얼어 있어서, 그렇게 많은 사람들이 있었는데도 깨지거나 하지는 않았다. 출발점에는 정말 형형색색의

집으로 돌아가는 길에 호스트 부모님과 함께.

국기들과 각 팀들의 로고, 시끄러운 전광판과 스폰서들로 가득 찬 기둥이 눈에 들어왔다.

나를 정말 깜짝 놀라게 했던 건, 출발선에서 대기 중인 개들의 모습이었다. 내가 상상하던 허스키의 경우에는 털도 많고 복슬복슬한 느낌의 대형견이었다면, 썰매를 끌고 가려고 기다리는 녀석들은 호리호리하고 마른 체질의 짧은 털을 가진 중형견들이었다.

하지만 맙소사! 그들의 이빨은 아주 날카로워 보였고, 그 마른 몸은 모두 근육으로 뒤덮여 있었다. 내가 알던 허스키의 모습이 사람이 키우는 개라면 그 녀석들은 개라기보다는 늑대에 더욱 가까웠다.

특히 내 눈길을 끌었던 모습은, 한 무리의 개들이라도 그들에게는 정확한 명령 체계가 있었다는 점이다. 그 개들은 썰매를 끄는 사람과 소통하고 있었다. 먼저 썰매를 끄는 머셔(Musher: 개썰매를 끄는 사람)가 가장 앞에 있는 길잡이 개에게 명령을 내리면, 그 길잡이 개는 수시로 뒤를 돌아보며 다른 개들에게 명령을 내리는 방식이었다.

그 장면은 꽤나 흥미로웠다. 같은 말을 사용하지도 않고, 심지어 같은 종도 아닌 생명체가 이토록 빠르게 교감을 할 수 있다는 것 그 자체가 놀라웠다. 또 설원을 달릴 때, 개들의 표정은 무척 행복해 보인다. 사진에서도 찾아볼 수 있지만, 그들이 달릴 때의 표정은 하기 싫어서 마냥 귀찮아 하는 것과는 정 반대다. 정말 그 표정은, 개가 낼 수 있는 가장 흥분되고 행복한 표정일 것이다.

그들은 혀를 길게 내밀고 거친 숨을 몰아쉬며, 정면을 보고 질주하여 새하얀 설원을 가른다. 물론 내가 저 썰매개의 무리에 있었다면, 벌써 길잡이에게 말해서 휴식을 취했을 테지만, 그들은 자신들이 하는 일을 진심으로 즐기는 것을 느낄 수 있었다. 이윽고 그 개들은, 아주 행복한 표정을 유지한 채 숲속 저 너머로 하나둘씩 사라져갔다.

길 위 에 서
추 억 을 쌓 다

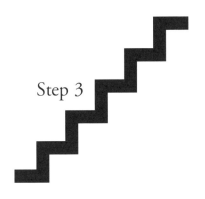

Step 3

길 위에서
'학교'의 선입견을 깨다

　　　　미국에서의 학교는 지루할 틈이 없었다. 수업 자체도 워낙 빨리 마치는데다가, 내 위주의 수업들이고, 또 각종 파티들이나 와코(WACKO, 체육대회 비슷한 행사), 아니면 각 학부에서 진행하는 소소한 이벤트 등 각종 행사들이 많이 있어서, 1년 내내 학교에서 웃고 다닐 수 있게 해 주었다.

　댄스파티나 와코 같은 큰 행사들이 있을 때는, 그 1주일 전부터 스피릿 위크(Spirit Week)라고 해서 특별한 드레스 코드를 맞춰 입고 다니는 문화가 있다. 그 1주일 동안은 매일 다른 드레스 코드가 정해져 있는데, 학교에서 정해주는 가이드라인(이것마저도 정해주지 않으면 정말 옷을 입고 오지 않는 등의 당신이 상상하지 못했던 해괴망측한 일이 생길 수 있다!)만 맞춘다면 무슨 옷이든 입고 올 수 있었다.

　다른 친구들의 시선이 걱정되어서 못 입겠다고? 걱정하지 마라. 다른 애들도 충분히 본인만큼 이상한 옷을 입고 올 것이고, 정말 아무도 이상하

선생님도 예외는 없다, 영어 선생님!

다고 생각하지 않는다. 오히려 당신이 드레스 코드에 정말 잘 맞춰 입고 왔다면, 당신의 성격이 아무리 소심해도 그날 하루 동안은 학교 전체의 대스타가 될 것이다. 심지어 사진처럼, 우리 학교의 영어 선생님은 초록색 공룡을 타고 오셨다. 그리고 교장 선생님까지도 이 기간 동안은 얌전한 정장을 내려놓으신 채, 자신이 할 수 있는 최선을 다해서 드레스 코드에 맞췄다.

또 아래의 사진에서처럼 요일별로 다양한 테마가 있는데, 알래스카와 관련된 의상을 입는 '알래스카 데이'나 '영화 캐릭터 데이', 아니면 '만화 캐릭터 데이' 등 이색적인 테마가 많다. 그리고 항상 스피릿 위크의 마지막 날은 '클래스 컬러 데이(Class Color Day)'라고 해서 각 학년별로 9학년 - 빨강, 10학년 - 노랑, 11학년 - 초록, 12학년 - 파랑같이 각각 정해져 있는 테마색이 있는데, 그 색깔에 맞춰 옷을 입는 날이다.

와코, 알래스카 데이, 클래스 컬러 데이의 모습.

유쾌하게 즐길 수 있는 '그곳'의 반전 매력

—

와코(WACKO)는 영어 단어로 '제정신이 아닌 사람'을 뜻하는데, 정말 이 행사가 열리는 날을 기준으로 1주일 정도는 1년 학교생활 중 손에 꼽을 정도로 재밌는 기간이다. 스피릿 위크 행사도 '와코 스피릿 위크'가 제일 재미있는 주제가 많았다. 또 축제의 이름에 걸맞게 이 행사 동안은 정말 최선을 다해서 미친다.

2월이면 아직 한겨울인데 그날의 테마가 하와이 해변이라서 반팔 소매와 반바지를 입고 등교한다든가, 영화 주인공 데이에 입을 코스튬에 바람을 넣는다고 코스튬 속에 소형 모터를 달고 다니는 애들도 있었다. 그리고 이 행사는 선생님도 예외는 아니라서, 아무리 보수적인 선생님이라도 이 주 만큼은 '와코'가 된다.

와코 행사는 우리나라 체육대회와 비슷한 행사인데, 우리나라에서 체육대회는 정식 스포츠 종목으로 진행되는 반면, 와코는 게임 쪽에 더 가깝다. 스펀지에 물을 적셔서 뒤쪽의 양동이 채우기나, 달걀 레이스 같은 좀 더 재미를 위한 종목들이 많다. 게다가 이 행사는 9, 10, 11, 12학년과 교직원 등 총 5팀으로 나눠서 펼치는 팀 대항 대회이므로, 모든 학생들뿐

와코 당일 친구 얼굴에 페이스페인팅을 해주고 있다. 나는 11학년이었기 때문에 초록색 옷을 입었다.

'알래스카 데이'에 맞춰 옷을 입고 온 진짜 '알래스카 산' 친구들.

만 아니라 선생님들까지 이기기 위해서 최선을 다한다.

　보통 '학교'라고 하면, 우리에게는 다른 것보다도 책상에 앉아서 수업을 듣고 공부를 하는 어쩌면 조금 꽉 막힌 곳이라고 인식되어 있다. 하지만 이런 소소한 행사들이나 여기서 느낄 수 있는 재미는 학교에 대한 반전 매력을 선사한다. 학교가 정말 삭막하고 숨통이 조이는 곳이라는 인식을 버리고, 유쾌하게 즐길 수 있는 곳이라는 생각을 하는 데 아주 많은 도움이 되었다.

스펀지로 물 옮기기 게임. 선생님들도 아주 열심히 하신다.

길 위에서 만난
나의 다섯 친구들

　　　알래스카로 꿈을 찾아 길을 나섰고, 나는 그 길 위에서 때
로는 추억을 쌓고, 때로는 특별한 경험을 했다. 그러나 뭐니 뭐니 해도 가
장 소중한 것은 사람과의 만남이 아닐까. 이제 길 위에서 만난 내 소중한
다섯 친구들을 소개해 볼까 한다.

첫 만남이 굉장히 어색했던 친구, 브랜든

브랜든(Brendan Binniker)은 내가 학교에서 가장 처음으로 사귄 친구 중한 명이다. 아버지가 해안경비대 소속 군인이시라 학교를 많이 옮겨 다녔다고 했다. 내가 다니던 추기악 고등학교에는 나와 같은 해에 전학 왔다. 브랜든은 내가 미국 학교에 와서 가장 처음으로 말을 걸어본 친구인데, 이친구를 처음 만났을 때 추억은 정말특별했다.

브랜든 비니커(Brendan Binniker)
12학년(Senior)

나는 8월 마지막 주 월요일부터 학교에 다니기 시작했는데, 그때는 이미학기가 시작한 지 1주일 정도 되었을무렵이다. 처음 타 보는 스쿨버스에서 내리자마자, 그 전 주 금요일에 호스트 엄마가 가르쳐준 대로 교무실에 먼저 갔다. 거기서 간단한 안내서와시간표를 받은 뒤, 1교시에는 캠퍼스 투어를 했다. 그래서 2교시였던 사진수업을 가장 먼저 듣게 되었는데, 처음 그 교실에 들어갔을 때 느낌을 아직도 머릿속에서 지울 수가 없다.

　다른 애들은 모두 이미 먼저 자기 자리에 앉아 있었다. 처음에는 빈자리도 눈에 들어오지 않아서 어떻게 해야 될지 참 난감했다. 그래서 그 친구들을 뚫고, 맨 뒤에 있는 선생님 자리로 가서 어떻게 해야 하느냐고 여쭤보았다. 그랬더니 선생님은 이렇게 말씀하셨다.

　"저기 맨 앞에 있는 백인 금발 남자애 옆에 앉으렴."

　브랜든의 첫인상은 정말 그랬다. 백인, 금발, 그리고 파란 눈. 게다가 처음에는 딱히 살갑게 인사하는 스타일도 아닌 것 같아서 정말 말 걸기가 힘들었다.

　"안녕, 만나서 반가워. 난 …… 범수라고 해."

　이렇게 굉장히 어색한 인사를 건넸다. 결국 돌아온 대답은 "안녕, 난 브랜든이야"가 전부였다. 첫날은 정말 그렇게 알래스카의 추위만큼 살이 시리도록 차가운 친구였다. 그런데 브랜든과 친해진 계기는 사실 호스트 엄마로부터 시작되었다.

　학교에 다닌 지 3일째 되던 날, 저녁 시간에 호스트 엄마와 내 학교생활에 대해 이야기를 했다. 무슨 어려움은 없는지, 느낌은 어떤지 등을 말이다. 그날 호스트 엄마가 학교생활에 관한 팁을 주셨는데, 그때 호스트 엄마가 "너 그럼 혹시 친구들 연락처나 뭐 그런 건 얻었니?"하고 내게 물어보셨다.

그러고 보니까 여태 사귄 친구들 중에서 이름과 학년 이상을 물어본 친구가 없었다. 뭐 그때는 너무 긴장되고 떨릴 때라 그럴 수밖에 없었던 것 같기도 하다. 그래서 바로 그 다음날, 정말 대단한 용기를 내어 브랜든에게 말을 걸었다.

"저기 브랜든, 내가 아직 친구들 전화번호나 뭐 그런 게 아무것도 없어서 말인데 혹시 네 연락처 좀 줄 수 있니?"

그랬더니 정말 아무것도 꾸며져 있지 않은 그냥 "Sure"이라는 무미건조한 대답이 돌아왔다. 물론 별로 탐탁치는 않았지만, 그냥 친구의 전화번호를 알게 되었다는 점이 좀 뿌듯했다. 그런데 정말 신기하게도 그날 하교 후 집에서 숙제를 하고 있는데 문자 메시지가 왔다. 내 연락처를 아는 사람이 아직은 몇 명 없을 때였고, 또 호스트 가족은 다 집에 있어서 그냥 다른 사람에게서 문자가 왔다는 사실이 너무 기뻤다.

그때부터 브랜든과는 매일 아침에 도서관에서 만나 같이 어울려 다녔다. 게다가 브랜든을 만나고 한 달 정도 뒤에 가을 스포츠로 라이플(사격) 팀까지 같이 해서 엄청난 단짝이 되었다. 더구나 브랜든은 나와 사진이라는 취미까지 공통점이 있어서, 같이 있으면 정말 즐거운 친구였다.

그녀의 겉모습을 믿지 마세요, 줄리아

—

줄리아는 9학년 친구로, 바이올린을 아주 잘하는 친구다. 처음에 라이플 팀에서 만나서 친해졌는데, 가능성이 대단한 애다. 우선, 바이올린을 수준급으로 잘 다룬다. 주 대표 오케스트라 콘서트에서 첫 번째 줄에 앉을 정도니 실력은 딱히 논쟁의 여지가 없다.

줄리아 쾰러(Julia Koehler)
9학년 (Freshman)

게다가 모든 일에 투지가 넘친다. 평소에는 조용하고 착한, 말 그대로 모범생의 여자아이지만, 자신이 뭔가 목표를 설정하면 그 목표를 이루지 않고는 못 배기는 그런 성격이었다. 특히 줄리아에 대해 놀라게 된 계기는 라이플 팀을 통해서였다.

처음에 줄리아가 팀에 들어왔을 때

에는 300점 만점에 210에서 220점 대의 성적으로 팀 내 하위권에 있었다. 그런데 단 4~5개월 만에 270점 대 중반을 기록해서 내 뒤를 바짝 쫓았다. 우리는 매주 금요일마다 다른 학교와의 사격 경기가 있었는데, 이스트 앵커리지 고등학교와의 경기에서 줄리아의 경쟁적인 면모를 볼 수 있었다.

라이플 경기는 사로(총을 쏘는 곳)가 한정되어 있는 관계로 한 팀이 릴레이 1과 릴레이 2로 나눠서 쐈는데, 그날 줄리아는 나와 같은 릴레이 1에 있었다. 또한 그 경기는 마지막 홈경기이기도 해서, 우리 팀 모두들 긴장했다. 하지만 다들 결과에 많은 기대를 걸고 있었다.

경기가 끝나고 릴레이 2가 총을 쏘기를 기다릴 때였다. 릴레이 1에서 쐈던 선수들은 대기실에서 휴식을 취하고 있었다. 그런데 숙제를 하고 있던 줄리아의 눈에서 눈물 줄기가 보였다. 사실 아까 스탠딩 자세(입사)때부터 별로 좋지 않은 얼굴을 하고 있어서, 경기 결과에 만족을 안 하는 모양이라고 짐작만 했다.

그런데 줄리아에게 들은 말은 의외였다.

"실은 오늘 270점이 내 목표였는데, 265점을 받아서 목표를 달성하지 못했어. 분하네!"

아니, 불과 2주 전까지만 해도 230점과 240점 사이에서 놀던 친구가 목표를 270점으로 잡았고, 오늘 자신의 개인 최고 기록을 갱신했는데도 그 5점 때문에 분해서 울고 있었다니! 심지어는 그냥 울고 있었던 것도 아니고 숙제를 하면서 말이다. 이 에피소드야말로 줄리아의 성격을 단적으로 보여주는 일이었다.

그룹 엑소의 광팬, 앰버

'빠순이'

앰버는 이 한 마디로 가장 잘 정리할 수 있는 친구다. 내가 미국에 있을 때 그의 사촌 몰리와 함께 한국에 가장 관심이 많고, 특히나 아이돌 그룹 엑소를 광팬으로서 좋아하는 친구다. 휴대폰에는 엑소 그룹 사진과 노래로 도배되어 있으며, 솔직히 말해서 알아듣지도 못하는 노래를 매일 듣는다. 게다가 '덕(오덕후·오타쿠의 변형말) 중의 덕은 양덕(서양 덕후·서양 오타쿠)'이라고, 직접 해외 구매한 엑소 맨투맨과 티셔츠까지 가지고 있는 아주 열성적인 팬이다.

정말 이런 사람들을 보면 나도 마냥 신기하기만 한데, 그 이유가 좀 웃

기다. 나는 중3때 학교에서 RCY 활동을 했다. 그리고 내가 중3이던 해에 RCY 전국 캠프를 전라북도에서 진행했는데, 거기 축하공연 무대차 실제 엑소가 왔다. 그때는 어떤 가수가 오는지도 몰랐지만, 일단 가수라니까 걸 그룹을 기대하고 친구들에게 부탁해서 앞자리를 맡아두도록 했다.

앰버 파이크(Amber Pike)
9학년(Freshman)

그런데 기대하던 여가수는 안 오고 남자 그룹만 와서 딱히 흥미를 느끼지 못한 나는 친구들과 몰래 빠져나가 그냥 PC방에 갔다. 물론 그때는 그들이 누구인지 전혀 모를 때였다. 그리고 어느 날 앰버한테 이 얘기를 한번 해주었는데, 정말 내가 신이라도 외면한 것처럼 "No!, No!, No!, No …… !"를 연신 외쳐댔다.

앰버는 제일 처음 줄리아를 통해서 알게 된 친구다. 줄리아와 앰버는 오랜 시간 동안 단짝 친구였고, 나와 브랜든(Brendan Binniker), 안드레아스로부터 시작된 그룹에 줄리아가 참여하고, 그 다음 앰버를 데려왔다. 사실 줄리아와 친한 친구들은 나를 빼놓고 모두들 음악에 일가견이 있는 친구들인데, 앰버도 예외 없이 피아노와 바이올린을 아주 잘 다룬다.

한국에도 아주 관심이 많아서, 한국어도 배우려고 한다. 하루는 점심시간에 이야기를 하던 도중, 엑소 이야기가 나와서 내가 지나가는 말로 "야, 넌 솔직히 한국에 살아야만 하는 사람인 것 같은데 언제쯤 비행기 탈래?"라고 물었다. 농담 삼아 한 말이었는데, 앰버는 표정이 싹 변하면서 진지하게 다음과 같이 대답했다.

"음…… 언제 가도 가기는 갈 건데, 아마 내가 12학년이 되면 졸업여행으로 갈 것 같아. 모르지, 또 뭐 더 일찍 그날이 올 수도 있고, 늦을 수도 있고. 근데 계획은 그래."

그 뒤로도 이런 얘기들을 가끔씩 해봤는데, 결론은 정말 실제로 한국에 눌러앉을 생각도 있는 친구다. 나중에야 어떻게 될지는 모르겠지만, 지금으로선 정말 대환영이다!

처음엔 냉기까지 흘렀던 백인 소녀, 퀸!

　퀸은 이어북(Yearbook) 크루의 11학년 장으로, 우리 둘의 첫 만남은 어색하다 못해 냉기가 흐를 정도였다. 퀸을 처음 만난 건 10월쯤, 내가 찍은 사진들을 그냥 내 하드에만 묵혀 두기가 아까워서 이어북에 좀 넣고자 이어북 편집실을 찾아간 게 계기였다.

　그때는 이미 방과 후였는데, 퀸만이 남아서 이어북 편집 작업을 하고 있었다. 이어북 편집실의 환경은 상상 그 이상이었다. 각 자리마다 거대한 모니터가 갖추어진 책상들은 알 수 없는 위용을 뽐내고 있었다.

　퀸은 그중에서도 맨 첫 열의 마지막 자리에 앉아 있었는데, 처음에 말 걸기가 엄청 힘든 친구였다. 노크를

퀸 베일리(Quinn Bailey)
11학년(Junior)

해서 눈이 마주쳤는데도 아무 말도 안 하고 "뭐?" 하는 눈빛으로 쳐다보기만 했다. 나도 용기를 내서 "이어북에 쓰였으면 좋겠다고 생각한 사진

들이 몇 장 있어서 그것들을 좀 주고 싶은데 혹시 지금 할 수 있니?" 하고
묻자, 드디어 대화가 시작되었다.

솔직히 말해서, 전체적인 퀸의 첫인상은 남자 브랜든(Brendan Binniker)
이었다. 브랜든이 전형적인 백인 남자애라면, 퀸은 전형적인 백인 여자애
였다. 게다가 브랜든은 처음 보는 사람에겐 수줍어서 그렇지, 빨리 친해
질 수 있는 친구인 반면에 퀸은 다가가기가 좀 어려운 친구였다. 물론 친
하게 지내기 시작하니 누구보다도 친근한 친구가 되었다.

내가 퀸을 좋아하는 가장 큰 이유는 다름이 아니라, 퀸이 좋아하는 일
을 행복하게 같이 할 수 있는 친구이기 때문이다. 퀸도 사진에 관심이 많
아서 항상 멋진 사진들을 찍는다. 특히나 퀸은 인물 설정 사진에 일가견이
있어서 나에게 많은 것을 가르쳐 주기도 했다. 게다가 퀸이 사용하는 장
비들은 캐논인데, 70-200 f2.8 백통 렌즈나 80d 바디 같은 아주 좋은 장비
들을 사용한다. 그래서 퀸의 장비가 많이 탐나기도 했다.

퀸은 또한 나와 함께 많은 곳을 갔다. 내가 먹어보았던 피자 중 최고의
피자였던 알래스카의 '무스이빨(moose's tooth)' 피자를 퀸과 처음 먹어 보
았다. 그리고 내가 알래스카에서 가장 좋아하는 장소 중 하나였던 포인트
원조프(Point Wornzof)에도 퀸과 처음으로 같이 가 보았다. 항상 퀸이 운전

을 하니까 조수석에 앉아서 좀 부끄럽기는 했다. 하지만 그래도 퀸 덕분에 아주 많은 것을 할 수 있었다.

2~3주에 한 번 정도는 주말에 꼭 퀸과 앵커리지에 있는 식당에 가서 밥을 먹을 정도로 우리 둘은 좋아하는 것들이 잘 맞았다. 굳이 하나 안 맞는 점을 꼽자면, 퀸은 멕시코 음식을 광적으로 좋아한다는 것 정도이다. 나는 멕시칸 음식 특유의 향이 잘 맞지 않아 살사와 타코 정도 이외에는 별로 즐기지 않지만, 퀸은 모든 멕시칸 음식을 좋아한다. 특히나 살사는 그냥 마시기도 한다(살사는 소스다! 다르게 말하면, 케첩을 그냥 짜 마시는 거다!).

하지만 멕시코 음식 이외에는 좋아하는 것들이 너무 잘 맞아서 항상 같이 놀 때면 앵커리지에서 저녁을 먹고 포인트 원조프에 일몰을 구경하러 가는 게 하루를 마치는 최고의 방법 중 하나였다. 그리고 한국으로 돌아오기 전에는 퀸과 켄들과 함께 두세 시간여 떨어진 수어드(Seward)로 여행까지 다녀왔다!

브랜든의 단짝 친구였던 로버트

로버트는 호스트 가족을 옮기면서 만난 친구로, 원래는 호스트 형이었던 브랜든(Brandon Lowe)의 단짝 친구 중 한명이다. 어느 정도로 단짝이었냐면, 주말 오후에 집에 아무도 없고 나만 남아 있었을 때, 갑자기 문이 열려서 "브랜든?" 하고 불러보면 "로버트다!" 하고 아무렇지 않게 들어오는 친구다.

심지어는 가족 모두가 집을 비우고 나갔을 때도 비밀번호를 누르고 들어와서 거실 소파 위에서 자고 있었던 적도 있다. 브랜든과는 워낙 어린 시절부터 친구여서 집 비밀번호 정도는 가볍게 아는 그런 사이였던 것이다.

내가 호스트 가족을 옮기고 정말 감사하게도 12학년 시니어 친구들을 많이 만들 수 있었는데, 그 매개체는 거의가 브랜든이었다. 로버트 이외에도 바우어나 제라드 같은 친구들은 정말 브랜든과는 한 가족이라고 할 수 있을 정도로 친한 친구들이었다.

로버트는 우리가 항상 '빅 블랙 가이'라고 불렀는데, '커다란 흑인 아이' 정도로 번역이 된다. '흑인 아이'라고 하니까 인종차별주의적인 뉘앙스가 조금 풍기는 건 사실이다. 하지만 로버트도 크게 신경을 쓰지 않을뿐더러,

당연히 우리도 그렇게 부를 때는 인종차별적인 의미를 섞지 않았다. 그리고 로버트도 가끔 나를 '리틀 아시안 맨'이라고 불러서 딱히 서로 감정이 상하거나 그런 일은 없었다.

로버트 버튼(Robert Burton)
12학년(Senior)

물론 로버트와 내가 둘이 어디를 놀러 다니고 그랬던 건 아니지만 브랜든, 로버트, 나 이렇게 셋이서 일상적으로 집에서 참 많이 놀았다. 그냥 거의 모든 집안일을 같이 해보았다고 할 수 있을 정도로 사소한 것 하나까지 로버트랑 같이 다 해봤다.

예를 들어, 주말 아침에 팬케이크를 먹거나 집에 있는 레크레이션룸에서 함께 했던 플로어 하키, 엑스박스, 트램펄린 등 종류를 다 나열할 수도 없을 만큼 많다. 집안에서 브랜든과 폭죽을 터트리려다 호스트 부모님께 발각되어 혼나기까지 해보았으니 어느 정도인지는 말 다했다. 그리고 성격도 외모와는 다르게 동네 착한 삼촌처럼 푸근한 친구였다.

로버트는 볼링을 아주 잘하는 친구이기도 했는데, 볼링 덕분에 알래스카 주에서 장학금도 받았다. 지금까지 최고 성적은 299점으로 만점인 300점에 1점 모자란 점수다. 볼링은 학교에서 하는 봄 스포츠 중 하나이기도 하다. 가끔 로버트가 하는 경기에 구경을 가보면 다른 친구들은 스트라이크 하나에 탄성을 지르지만, 로버트는 이미 5, 6개가 넘는 연속 스트라이크 행진을 이어가고 있을 정도였다.

그 장면을 보고 있을 때는, 정말 저 장난기 넘치는 얼굴에서 어떻게 이런 진지함이 묻어나올 수 있는지 감탄스러울 정도였다. 그런데 중요한 건, 그러다가도 볼링장 밖으로 벗어나기만 하면, 다시 본래의 푸근한 모습으로 돌아온다. 어찌 생각하면 조금 무섭기도 한 친구였다.

여름날의
알래스카 주 축제

내가 알래스카에 도착했을 무렵, 이곳에서는 알래스카 주 축제가 열리고 있었다. 이런 주 축제들은 각 주마다 하나씩 있는데, 알래스카 축제도 그중 하나였다. 내 일정이 2015년 8월 25일에 출국해서 27일 목요일에 알래스카에 도착한 뒤, 원래는 주말에 첫 호스트 가족과 캠핑을 가기로 되어 있었다. 미국에 가기 전 호스트 엄마께서 내가 도착하면 주말에 축제도 볼 겸 같이 캠핑을 했으면 좋겠다고 하셨기 때문이다.

하지만 주말 동안 비가 내린다는 일기 예보 때문에 캠핑은 취소되었고, 대신에 토요일 하루 동안 축제에만 다녀오기로 했다. 축제는 내가 살고 있었던 피터스 크릭(Peter's Creek)에서 차로 40분 정도 북쪽에 있는 팔머(Palmer)에서 열렸는데, 솔직히 그때는 거기가 어딘지도 몰랐다. 심지어 축제에서 뭘 하는지도 잘 몰랐다. 그래도 뭐 어쨌든 축제라니까 카메라와 옷을 챙겨 입고, 호스트 가족과 함께 축제 장소에 도착했다. 입장료를 내고 안으로 들어가니, 부모님이 놀이 기구 이용권을 주시며 나랑 동생인

알래스카 주의 축제 매표소

일라이(Elijah Faso-Formoso) 보고는 자유롭게 놀다가 오라고 하셨다.

일라이는 내게 누구를 만날 거라고 했는데, 그게 바로 DJ(Davis David Jr.)와의 첫 만남이었다. 사실 그때는 학교도 가기 전이라 누가 누군지, 뭐가 뭔지 알 턱이 없었고, 그냥 일라이의 친구라는 말만 들었다. 그렇게 만난 디제이와 우리는 신나게 그날 하루 종일 놀았는데, 나에게는 정말 처음 경험해 보는 것들이 몇 가지 있었다.

그중에서도 특히 기억에 남는 것이 먹거리였는데, 다양한 맛을 첨가한 꿀을 작은 튜브에 넣어서 파는 허니스틱이라든가, 아니면 밀가루 반죽을 기름에 튀겨서 슈가파우더를 뿌려 먹는 퍼넬케이크 같은 축제 음식이 참 많이 있었다. 또한 내가 간 날은 칠리(chili, 고추를 뜻하는 칠리는 chile라고 한다.) 경연 대회를 하는 날이어서 다양한 칠리도 맛볼 수 있었다.

칠리는 미국 텍사스에서 처음 만들어진 몇 안 되는 '진짜' 미국 음식인데, 사실 이것도 멕시칸 풍 텍사스 요리라고 하는 사람들이 많다. 어쨌든 칠리는 스튜의 한 종류인데, 다진 소고기와 홍고추, 콩, 향신료 등을 넣어 매콤하게 끓이는 게 특징이다.

처음에 DJ와 일라이가 "야, 저기 칠리 경연대회 한다! 칠리 먹으러 가자!"고 해서, 무슨 고추 경연 대회를 하고 또 그걸 좋다고 먹으러 가는지 아주 이상하게 생각했다. 사실 그도 그럴만한 것이, 고추 칠리랑 저 칠리랑 발음이 똑같다. 그래서 그게 뭔지 몰랐던 나는 그 요리를 먹어보고, 실제로 인터넷에서 그 음식을 찾아보기 전까지는 무슨 은어인 줄 알았다.

사실 그때까지 먹었던 미국 음식들은 내 입맛엔 너무 짜고 달아서, 입에 맞는 음식을 찾기가 좀 힘들었다(뭐 물론 미국에 도착한 지 일주일도 안 되었을 때라 당연한 일이긴 하다). 그런데 솔직하게 칠리는 미국에 가서 처음 먹고 아주 좋아하게 된 음식 중 하나이다. 처음에 칠리만 먹었을 때에는 좀 짜다고 느끼긴 했는데, 감자나 빵이랑 함께 먹으니 맛이 정말 좋았다.

허니스틱은 그냥 말 그대로 여러 가지 맛이 조금 첨가된 꿀인데, 예전에 많이 먹었던 아폴로 과자처럼 튜브 안에 있는 꿀을 쪽쪽 빨아 먹으면 된다. 가격도 10개에 1달러 정도밖에 안 해서 축제하는 내내 입에 달고 다녔다. 그리고 축제에는 먹을거리뿐만이 아니라 볼거리와 놀거리도 상당수 있었다.

칠리 경연대회에서 가장 맛있었던 칠리.

세 친구들.

축제에서 사용할 수 있는 놀이표.
이걸로 놀이 기구를 탈 수 있다.

허니 스틱, 말 그대로 꿀맛이다.

유쾌한 여름날, 대단원의 막은 내리고

호스트 부모님이 미리 사주신 놀이 기구 이용권으로 일라이와 DJ랑 셋이서 말 그대로 쉼 없이 탔다. 우리나라의 유명 놀이공원처럼 그렇게 크거나 스릴 넘치는 놀이 기구는 아니었다. 하지만 아기자기하게 재미있는 놀이 기구들이어서 친구들과 즐기기에는 오히려 좋았다.

웃긴 이야기로는, 내가 미국에 가기 딱 1주일 전에 중학교 친구들과 롯데월드를 다녀왔다. 사실 거기서 내가 제일 좋아하는 놀이 기구가 자이로 드롭이라 그것만 한 세 번 정도를 탔던 것 같다.

축제날은 메가드롭이라고 자이로드롭이랑 아주 비슷한데 크기는 훠-

메가드롭을 타며 / 호스트 가족 맏형 일라이 / 축제 팸플릿을 손에 쥐고.

얼씬 작았다(자이로드롭이 워낙 커서……). 나는 아까부터 계속 타고 싶어서 일라이와 DJ한테 타러 가자고 말했는데 일라이가 자꾸 싫다고 했다. 이유를 알고 봤더니, 무서워서 그랬단다.

겨우 어떻게 달래서 메가드롭을 탔는데, 그 놀이 기구에서 내린 후 호스트 엄마가 찍은 동영상을 확인한 우리는 박장대소할 수밖에 없었다. 좌석이 올라갈 때 일라이의 표정은 이미 일그러져 있었고, 떨어질 때의 외마디 비명과 착지했을 때 그의 얼굴에 비춰진 안도감은 정말 드라마 각본처럼 완벽했다.

그렇게 정신없이 놀다 보니, 어느덧 해는 뉘엿뉘엿 넘어가고 있었다. 그리고 그때 시간을 확인해 보니 이미 시계는 밤 9시 30분을 가리키고 있었다. 알래스카의 여름이란! 메가드롭과 '캐러멜애플' 하나를 마지막으로 그 여름날, 대단원의 막은 내렸다.

길 위에서
만나는 투혼

　　미국에서는 학교가 일찍 마치는 까닭으로, 방과 후에 할 일들이 많아진다. 아르바이트 자리를 구해서 일을 하면서 돈을 번다든가, 아니면 다른 스포츠 활동이나 클럽 활동을 할 수도 있다.

　그중 가장 많이 하는 것이 방과 후에 학교에서 하는 스포츠 활동인데, 이런 활동들이 우리에게 아주 긍정적인 영향을 많이 미치는 것을 몸으로 느낄 수 있었다. 우선 기본적으로 방과 후에 내가 할 수 있는 것들을 자율적으로 선택할 수 있었기 때문에 실제로 '내가 좋아하는 일'을 할 수 있었다. 또한 그 선택에 따른 책임도 나 자신이 져야 했기 때문에, 내가 하고

받아치기, 2초 전.

총알이 어디에 박혔나~?

맞죠? 제가 점수 딴 거죠?

있는 활동에 대한 애착이 생겨서, 조금 더 능동적으로 열심히 임할 수 있었다.

특히나 학교 스포츠 활동의 경우에는, 팀에 들어가서 내 실력을 쌓고, 또 다른 학교 팀과의 정기적인 경쟁을 통해서 많은 것들을 경험하고 배울 수 있는 자기 계발의 좋은 기회였다.

나는 라이플과 축구를 했는데, 두 스포츠 모두 내게 새로운 경험을 안겨다 주었다. 또한 내가 했던 종목들 이외에 다른 종목에도 직접 참여는 안 했지만, 구경은 할 수 있었다. 학교 대항 경기가 있으면 츄기악 고등학교 학생으로서 같은 학교 친구들을 관중석에서 응원하고 지켜볼 수도 있었는데, 항상 경기에 나서는 선수의 눈빛에서는 긍지와 투지를 느낄 수 있었다.

물론 모든 경기 종목들이 그러했지만, 내 호스트 형이었던 브랜든(Brandon Lowe)이 참여했던 레슬링 종목에선, 더 확연하게 그런 모습이 눈에 들어왔다. 팀 경기와는 다르게 레슬링은 1대 1 개인의 경기고, 그러기에 선수들 하나하나의 어깨위에 놓인 중압감은 이루 말할 수 없다. 게다가 3분이라는 짧은 시간동안 자신이 여태 훈련해왔던 전부를 쏟아 넣어야 하는 압축성은, 그들의 어깨를 더욱 무겁게 한다.

링 위로 올라서면, 거기에 남는 사람은 상대방과 본인 둘 뿐이다. 그리고 그 둘은 서로 자신이 훈련해 왔던 전부를 그 3분 안에 쏟아 넣는다. 포기란 있을 수 없는 일이다. 먼저 포기한다는 뜻은 곧 패배와 직결된다. 그렇기 때문에, 그 둘은 세상에서 가장 긴 3분을 잘 훈련된 서로를 먼저 넘어뜨리려고 안간힘을 쓴다.

때로는 벽을 넘고서라도 자신의 길을 가야

———

브랜든(Brandon Lowe)은 레슬링에 아주 소질이 있었다. 올해 브랜든은 알래스카 전체에서 2위를 할 정도로 아주 좋은 시즌을 보냈고, 그 결과로 미국 전 지역의 여러 대학교에서 러브콜이 왔다. 하지만 그런 좋은 조건들을 뒤로하고 자기가 걷고자 하는 길을 찾아서 가는 브랜든도 내 눈에는 참 대단해 보였다.

내가 중학교 때 산에 다니던 시절, 원정대 대장님께서 늘 귀에 못이 박히도록 하신 말씀이 있다. 사람이 살아가는 방법을 배울 때는, 콘크리트

속에 틀어박혀서 편하게 배우는 게 아니라, 밖으로 나가서 몸으로 고난과 싸우고, 어렵고 힘든 환경 속에서 몸소 경험하고 느끼며 배워야 한다고 하셨다. 직접 벽과 마주하고, 그 벽을 뛰어넘든, 아니면 깨부수든 자기 자신의 의지와 힘으로 노력하는 것이 정말 제대로 된 인생 공부라고 말이다. 그리고 실제로 나는 그 길을 따르며, 하나하나 내 앞의 벽을 넘어서 또 다른 벽으로 용기 있게 계속 걸어가고 싶다.

두 번째 호스트 형이었던 브랜든.

길 위에서 만나는
한 발의 쾌감

나는 가을에는 방과 후 스포츠로 라이플 팀에 들었다. 소총 사격은 미국에서도 알래스카와 텍사스의 몇몇 학교에만 있는 아주 특별한 방과 후 스포츠 프로그램이었다. 요즘은 10m 공기총의 사격 자세는 서서쏴(입사), 무릎쏴(슬사), 엎드려쏴(복사)로 크게 3자세로 나뉜다. 그리고 정규 올림픽 경기의 4분의 1만 하는 쿼터제가 기본 틀이다. 하지만 예전에는 50m 실탄 22구경 3자세까지 했다고 한다.

하지만 사격을 한다는 것, 그것도 학교 안에서 총을 쏜다는 매력은 내가 미식축구를 포기하고 사격을 선택했을 정도로 상당했다. 팀에 처음 들어가서 무기고에 들어갔을 때는 정말 깜짝 놀랐다. 약 30정 정도 되는 공기총이 총기 보관대에 쫙 걸려 있었고, 시즌이 시작한 첫날 우리는 각자 총을 배정 받았다.

공기총에는 2가지 종류가 있는데, 하나는 미리 압축된 공기를 실린더에 넣어서 쏘는 압축공기 방식이 있고, 나머지 하나는 쏠 때마다 매번 레

라이플 팀의 버치 코치님.

스탠딩 자세를 마치고 총에 안전장치를 거는 모습.

엎드려쏴 자세.

버를 당겨 공기를 압축시켜 주어야 하는 레버식이 있다. 하지만 공기 압축식 총은 수량이 12정 정도로 20명이 조금 넘었던 우리 팀 전체에는 부족했다. 그래서 처음 쏘는 사수들은 먼저 레버식 공기총을 배정 받았다.

그 다음 두 번째 날에는 간단한 자세를 배우고, 펠렛(총알) 한 캔씩을 받은 뒤 바로 사로로 들어가서 연습 사격을 했다. 처음에는 영점 조준하는 방법도 몰랐고, 총을 쏘기 위한 각종 기술들이 부족해서 그냥 한 과녁에 3발씩 발사해서 탄착군이 얼마나 잘 모여 있는지를 보는 그룹핑 연습부터 했다.

그런데 한 발, 한 발 쏠 때마다 방아쇠에서 느껴지는 감촉이나 귀로 들리는 소리가 어릴 때 쏘던 비비탄 총이랑은 차원이 달랐다. 한 가지 신기했던 건, 이 경기용 공기총들은 실제로 방아쇠 압력이 엄청 약해서, 말 그대로 손가락으로 건드리기만 해도 발사가 되었다는 점이다. 물론 경기 중에는 최대한 몸에 힘이 안 들어가게 해야 하기 때문에 방아쇠 압력이 무조건적으로 낮아야 했다. 하지만 평소에는 아주 조심해야 하는 위험 요소가 되기도 했다.

그렇게 힘들었던 레버식 소총을 사용한 지 1주일이 지나자, 선생님이 새로운 사수들을 상대로 경쟁을 해서 선발이 되면 공기압축식 소총을 받을

사격은 자기 자신과의 싸움이다. 신중, 또 신중하게!

수 있다고 했다. 종목은 모두들 가장 쉽게 생각하는 엎드려쏴 자세의 표적지 1장, 100점 만점이었다. 그날따라 나는 컨디션이 아주 좋아서, 총을 쏘기 시작한 지 1주일 만에 100점 만점에서 92점을 받아서 새로운 사수 중 1위가 되었다.

그래서 바로 공기압축식 총으로 바꿀 수 있었다. 공기압축식은 레버식에 비해 훨씬 쉬웠다. 장전손잡이만 뒤로 넘기면 공기는 자동 충전이 되었기에, 레버식 소총에서처럼 매번 한 발, 한 발에 자세를 흩뜨릴 필요가 없었다.

사격이 내게 가르쳐 준 뜻밖의 수업

———

나는 총을 꽤 잘 쏘는 편에 속했다. 팀 전체를 통틀어 4~5위 정도의 성적을 냈고, 275점의 최고 점수를 받아봤다. 사격은 내게 참을성을 아주 많이 길러주었다. 공기총 사격에서 가장 중요한 점은, 사수가 쏘는 한 발, 한 발이 의미가 있어야 한다는 것인데, 그 한 발은 정말 엄청난 정성이 필요하다.

처음 사격을 시작했을 때에는 '이만하면 되겠지?' 하는 심정으로 막무가내로 방아쇠를 당겼다. 그러다 보니 내가 쏘는 총알 한 발, 한 발에 의미가 없어지게 되고, 이는 결과로 고스란히 나타났다. 5개월의 라이플 시즌 동안 나는 머릿속을 비우고 숨을 고른 뒤, 완벽한 조준이 되었을 때 순발력 있게 방아쇠를 당기는 연습을 했다.

그 완벽한 조준이 될 때까지는 정말 자신과의 싸움이다. 자신이 자기 자신을 얼마나 잘 절제하는가에 따라 그 조준점이 정말 완벽한 조준점일 수도 있고, 본인이 보기에만 그럴 수도 있기 때문이다. 게다가 단 한 발의 실수라도 나면, 그 실수는 결과물에 지대한 영향을 끼치기 때문에 자신을 최대한 절제하면서 경기에 임해야 했기 때문이다.

또한 라이플 팀은 내게 많은 친구들도 사귀게 해주었다. 앞서 소개했던 브랜든(Brendan Binniker)과 줄리아는 라이플 팀을 통해서 더욱 친해질 수 있었고, 헌터(Hunter Hall)나 크리스(Christoper Elder) 같은 멋진 친구들도 많이 사귈 수 있었다. 그리고 이 친구들은 모두 내가 학교와 알래스카에 아주 잘 적응할 수 있도록 많이 도와준 고마운 존재이다.

신중하게 총을 쏠 준비를 하는 해나(Hanna Fitzgerald).
안전을 위해 격발 준비가 완료되기 전까지는 손가락을 절대 방아쇠에 대지 않는다.

꿈을 향해
시간을 달리다

Step 4

상상할 수 없을 정도로 추웠지만
우리는 뜨거웠다!

      미국의 고등학교에서는 우리나라의 졸업 앨범처럼 매년 이어북(Yearbook)을 만든다. 차이점이라면, 우리나라 졸업 앨범은 졸업생들만 해당되는 것이지만, 이어북은 모든 학년이 다 해당된다.

      대신 시니어(12학년)들은 '시니어 포토'라고 해서 다른 학년들은 그냥 학교에서 찍은 증명사진이 들어가는 자리에 자신이 찍은 다른 사진을 넣

안드레스의 시니어 사진을 찍은 날,
모든 것이 얼어붙어 있었지만 우리는 뜨거웠다.

을 수 있다. 그리고 이어북의 뒷부분에는 시니어들을 위한 몇 챕터가 더 추가되어 있을 뿐이다. 어쨌거나 이 이어북은 학교에서 1년 동안 있었던 일들을 이어북 팀에 소속되어 있는 학생들이 만드는 것이다. 게다가 내가 그 팀에 있었기 때문에 나에게는 훨씬 더 특별한 의미가 있는 책이다.

내 영혼의 친구, 안드레스의 이어북 준비

내 영혼의 친구 안드레스는 12학년, 즉 시니어였다. 그런데 앞에서도 이 야기했듯이, 이 친구는 굉장히 뭐랄까, 마치 바닐라 맛 아이스크림 같았 다. 좋게 말하면 클래식하고 고전적인 맛이 있지만, 나쁘게 말하면 지루 한 친구였다. 물론 나중에 가서는 이 친구가 톡톡 튀는 다른 맛을 숨기고 있다는 걸 알게 되었다. 그러나 이때까지만 해도 안드레스는 그냥 바닐라 맛 아이스크림이었다.

그런 안드레스는 시니어 포토에도 딱히 관심이 없었다. 그런데 마침 시 니어 포토 제출 마감 2주일 전부터 매일 하는 아침 조회 방송 시간에 '시 니어 포토 마감 ○○일 전입니다!'라고 얘기를 해서 안드레스와 그에 관

별것 아닌 듯 카메라를 쳐다보는 안드레스. 사실은 추위에 벌벌 떨고 있었다.

해서 얘기를 나눌 수 있었다. 그리고 돌아온 안드레스의 대답은 딱히 관심이 없어서 자기도 어떻게 할지 모르겠다는 말이었다. 세상에, 이렇게 특별한 걸 저렇게 관심 없이 넘기려 하다니! 나는 친구로서 이 상황을 그냥 지켜볼 수는 없었다. 그래서 단칼에 이렇게 말해버렸다.

"야, 내가 너의 시니어 포토 찍어 줄게. 이번 주 일요일에 만나자."

뭐 물론 내가 전에 이런 종류의 사진을 찍어본 적은 단 한 번도 없었지만, 최소한의 장비와 기술은 있으니 '하면 되겠지' 하는 실험적인 생각에서 말했던 것뿐이다. 이 뜻밖의 내 제안에 안드레스도 마침 잘되었다고 생각했는지, 그렇게 하자고 순순히 응했다. 그리고 대망의 토요일, 그날은 정말 기록적으로 추웠다. 어느 정도였냐면 그날 최저 온도가 영하 29도를 기록했다.

이날, 안드레스를 만났을 때 느낌은 딱 한 마디로 정의할 수 있을 정도였다. '정말 상상도 할 수 없을 정도로 추웠다!' 몸의 다른 부분들은 다 꽁꽁 싸매고 가서 괜찮았는데, 발은 운동화에 양말 한 겹만 신은 상태여서 정말 감각이 없을 정도로 아렸다. 결국 아침 9시에 만난 우리는 가까운 마트의 카페로 갔다. 그리고 거기서 몸도 좀 데우고 해가 뜰 때까지 기다리기로 했다.

하지만 가까이에 있는 마트라고 해도 걸어서 20분에서 30분 정도를 가야 했기 때문에 걸어가는 그 길은 마치 맨발로 얼음 위를 걷는 느낌이었다(사실 신발을 신은 것만 제외하면 딱히 다를 것도 없었다!). 간신히 도착한 마트는 정말 그렇게 아늑할 수가 없었다. 마트에 들어가자마자 당장 수면 양말부터 두 켤레를 사서 안드레스와 나눠 신고, 카페로 들어가서 핫초코로 몸을 녹였다. 그때 먹었던 달콤한 핫초코는 정말 마약보다 더 강력하게 나를 몽롱하게 만들었던 기억이 아직도 또렷하게 난다(물론 마약을 먹어본 적은 없지만 말이다).

그렇게 그 카페에서 1시간여 시간을 보내니 슬슬 해가 떠오르기 시작했다. 몸이 준비되었으니 길을 나서야 했다. 물론 마음이 준비되지 않기는 했지만 서둘러 준비를 해야 했다. 계속 카페에 앉아 있을 수만은 없는 노릇이었으니까. 그리고 수면 양말을 신은 발은 아까보다 훨씬 따뜻해져서 걷기도 많이 수월해졌다.

미쳤거나 열정적이거나

—

우리가 도착한 11시의 피터스 크릭 공원은 아무도 없이 적막만이 감돌고 있었다. 그도 그럴만한 것이 누가 영하 30도의 날씨에 밖에서 돌아다니겠는가. 하지만 우리가 그 적막을 깼다는 사실은 나와 안드레스를 설레게 했다. 젊음의 반란이랄까. 우리들 스스로가 미쳤다는 사실이 마냥 웃기기만 했다.

사진 촬영은 아주 재미있었다. 물론 안드레스는 심하게 떨었다. 사진에 잘 나오겠다고 찍을 때는 겉옷을 다 벗어버리고 셔츠에(심지어 그 속에는

추위에 벌벌 떨면서도 안드레스와 나의 사진 삼매경.

티셔츠 한 장 없는 맨살이었다!) 청바지만 입었다. 그 까닭에 안드레스의 손발과 코끝은 거의 보라색이 다 되어가도록 달아올랐다. 게다가 눈이라고는 아예 찾아볼 수가 없는 나라인 에콰도르에서 온 안드레스는 영하 30도의 추위에 견딜만한 변변한 겉옷도 하나 없었다.

그런 안드레스가 안쓰러워진 나는 결국 내가 가장 아끼던 다운재킷을 그날 하루 안드레스에게 빌려 주었다. 그러지 않고서는 이 친구가 많이 아플 거라는 확신이 들었기 때문이다. 그리고 고맙게도, 안드레스는 그에 맞게 내가 원하는 대로 아주 멋지게 포즈를 잘 잡아 주었다. 영하 30도라는 극한의 기온도 나와 안드레스의 불타오르는 열정을 막을 수는 없었다.

정말 감사하게도 사진을 찍고 난 뒤의 결과물 또한 내 생애 첫 번째 연출을 한 인물 사진치고는 잘 나온 것 같아 만족스러웠다. 물론 사진을 찍고 나서 보정하는 것은 아예 모를 때여서 기술적으로는 부족한 게 사실이다. 하지만 그날의 결과물이 들려주는 이야기는 우리의 그 뜨거웠던 순간을 영원히 기억하기에 충분하다.

약 2시간여의 촬영은 우리에게는 어찌 보면 미치도록 몰입할 수 있었던 경험이었다. 또한 가끔 이렇게 말도 안 되는 행동을 해도 큰 무리 없이 잘 따라주는 내 몸에 감사할 따름이다.

아직도 생생한
라이플 팀 쫑파티에서

길다면 길었지만, 짧다면 정말 모기 다리만큼이나 짧았던 라이플(사격) 시즌이 지역 대회(Regions)를 마지막으로 끝났다. 지역 대회에서 발군의 성과를 내어서 정말 특별하게 진행된 파티는 아니었지만, 한 시즌을 마치는 차원에서 라이플 사수들과 선생님, 그리고 가족들이 각자 음식을 하나씩 가지고 와서 하는 조촐한 쫑파티(potluck)가 열렸다.

미국에서는 이런 형식의 파티가 꽤 많았는데, 솔직히 나는 아주 경제적이면서 좋다고 생각했다. 파티를 주최하는 입장에서도 굳이 음식에 대한 부담을 갖지 않아도 되고, 또 파티에 참석하는 사람들도 자신이 음식을 하나 가져가기 때문에 파티에 간다는 부담이 없다. 그냥 서로 맛있는 걸 가져와서 먹고 즐기면 되는 것이다.

게다가 이번 라이플 팀은 올 시즌 경기 결과로는 발군의 성과를 내지 못했지만, 나 자신과 팀의 미래에 도움이 될 만한 일이 아주 많았다. 이처럼 굉장히 희망적인 시즌을 보냈기에, 쫑파티는 더욱 특별했다. 우선 나 자신으로만 본다면, 가장 먼저 내가 공기총 사격을 매일 원 없이 할 수 있었다는 게 좋았다. 거기에 더해서 총을 쏜 지 몇 개월 만에 팀 전체 4위라는 성적을 거머쥐었다. 또 친구들이 나를 '가장 감명 깊었던 사수(Most Inspirational Shooter)'로 선정해 주어서, 라이플 사격장에 있는 트로피에 영원히 내 이름이 새겨지게 되었다.

팀 전체로 보면, 우리 팀은 내년 시즌에 활약하게 될 재능이 있는 선수들을 대거 발굴할 수 있었다. 특히나 올해 처음 사격을 시작한 9학년 사수들을 많이 찾아내었다. 9학년인 줄리아와 CJ는 이미 270점을 훌쩍 뛰어넘어서 이후 성적이 아주 기대된다. 게다가 지금 활동하고 있는 10, 11학년 사수들도 모두 기량이 뛰어난 친구들이 많아서 내년 시즌은 아주 희망적으로 보였다. 이런 이유로, 쫑파티의 전체적인 분위기도 아주 희망적이고 밝았다.

손가락과 방아쇠 사이의 1mm가 주는 떨림

　　이번 쫑파티는 이미 말했듯이, 파티에 참석하는 모든 사람들이 음식을 하나씩 가지고 오는 형태로 이루어졌다. 그랬기에 나도 음식을 하나 만들어 가야 했다. 교환학생이기에 불고기나 잡채 같은 한식을 할까도 생각해봤지만, 모두 너무 비싸거나 번거로웠다. 그래서 대신, 내가 아주 좋아하는 음식인 시나몬 케이크를 구워 가기로 했다. 그래 봐야 마트에서 파는 믹스를 반죽해서 굽는 거지만, 나름 신경 쓴다고 메이플 시럽에 호두를

모두가 준비해 온 맛있는 음식.
오른쪽의 노란색 맥앤치즈는 이날의 하이라이트였다.

재워서 고명으로 얹기도 했다.

　물론 케이크를 구웠던 사기그릇이 엄청 무거워서, 그걸 학교까지 깨뜨리지 않게 고이 나르고 보관하는 일이 번거롭기는 했다. 하지만 아주 맛있었고, 또 다른 사람들도 맛있게 잘 먹어주어서 고마웠다(메이플 시럽에 재워 두었던 호두 고명이 신의 한 수였다. 역시 김범수!).

　다른 사람들이 파티에 가지고 온 음식들도 전반적으로 다 맛있었다. 특히나 올리비아(Aulivia Bailey)가 가져온 홈메이드 맥앤치즈는 내가 평소 가지고 있던 맥앤치즈에 대한 선입견을 버리게 해주었다. 그 맥앤치즈를 먹기 전 내게 맥앤치즈란 저급의 인스턴트 음식에 불과했다. 하지만 올리비아가 만든 맥앤치즈를 맛본 뒤에는 이전까지 내가 먹었던 인스턴트 맥앤치즈는 진짜 맥앤치즈가 아니란 걸 알게 되었다.

　원래 쫑파티에는 본인과 가족 참석이 원칙이지만, 나는 호스트 가족 중에 갈 사람이 아무도 없었던 관계로 지도 선생님께 말씀을 드린 뒤, 내 영혼의 친구 안드레스를 데리고 갔다. 사실 무조건 안드레스를 데리고 가고 싶었던 것도 있었다. 왜냐하면 지도 선생님께서 이번 파티에서는 부모님과 함께 총을 몇 발 쏠 거라고 미리 말씀해 주셨기 때문이다. 나는 안드레스

만찬 후 즐겁게 장난치는 해나와 안드레스.　　　　　　　　가장 인상적인 사수 트로피에 내 이름이 새겨졌다.

에게도 그 경험을 꼭 한번 시켜주고 싶었다.

　총이라는 물건도 그렇고, 특히 요즘은 안전에 대한 기준이 강화되어서 총을 만질 수 있는 기회가 잘 없었다. 그렇기에 안드레스에게도 이번 기회에, 다시는 잊지 못할 방아쇠의 느낌을 한번 느끼게 해 주고 싶었다. 식사를 마친 뒤, 슬슬 즐기고 놀 수 있는 플레이타임이 주어졌다. 각자의 총을 꺼내 와서 마지막으로 한 사람당 다섯 발씩 발사하도록 했다.

　안드레스와 나는 또 의미 없는 내기를 했는데, 당연하게도 결과는 나의

내가 만든 동영상을 즐겁게 시청하고 계신
버치 코치님과 학부모님.

저자와 라이플 팀 주장이었던 케일린(Kaelyn Ranes).
우린 특이하게 그를 레인스라 불렀다.

완승이었다. 애석하게도 안드레스의 표적은 다섯 발을 사격한 뒤에도 구
멍 하나 없이 멀쩡했다. 그래도 안드레스가 말하기를, 자신이 느껴본 방아
쇠의 전율을 결코 잊을 수 없다고 한다. 하긴 이 책을 쓰고 있는 지금 나
역시도, 그때 느낌이 생생하게 떠오른다. 나도 안드레스처럼 내 손가락과
방아쇠 사이의 그 1mm 거리가 주는 떨림을 절대 잊지 못한다. 그리고 그
렇게 아쉬웠던 마지막 방아쇠를 당기고, 나의 첫 라이플 시즌은 그 끝을
맺었다.

학교 수업이 끝난 뒤,
마법이 펼쳐지다

우리나라에서는 보통 고등학교에서 수업을 마치면 보통 야간 자율학습을 하거나 학원에 간다. 그래서 '자기 계발'을 할 만한 시간이 잘 없다. 하지만 앞에도 얘기했듯, 미국에서는 방과 후 흔히 학교에서 마련해주는 활동들을 한다. 그 활동의 하나로 나는 축구와 라이플을 했다. 항상 연습이 끝나면 다른 종목을 하는 친구들도 끝나서 같이 어울려 놀거나, 아니면 다른 종목 연습을 구경했다.

그중에서도 항상 내 이목을 끌었던 프로그램이 있었는데, 바로 고등학교 ROTC인 JROTC 친구들의 의장 연습이었다. 총구만 막아놓은 실제 스프링필드 소총을 가지고 군 의장대가 하는 것과 똑같이 구령에 따라 총을 돌리기도 하고 던지기도 했다. 물론 정식 의장대보다는 어색하지만, 그래도 나름 절도 있게 하는 모습이 대단하게 느껴졌다. 처음에는 총도 그냥 모형 총인 줄 알고 쉽게 봤는데, 정말 무거운 실제 소

ROTC 팀이 지도 교사의 가르침을 받고 있다.

대열을 맞춘 ROTC 의장팀. 학생인데도 나름 프로페셔널해 보인다.

총이었다.

하나 더 신기했던 건, 남학생보다 여학생이 오히려 더 많다 싶은 성비였다. 다른 조건이 있는 것도 아니고 똑같은 조건 아래에서 같은 행동을 하니, 항상 남자와 여자를 나누던 한국과는 뭔가 다르게 새로워 보였다.

나와 라이플 팀을 같이했던 해나(Hanna Fitzgerald)도 그중 한 명이었다. 특히나 키도 작고 여려 보였던 여자애가 장교 정복을 입고 절도 있게 의장을 하는 모습을 보니, 내가 아는 친구와는 너무 달라서 이상하게 느껴지기도 했다. 정말 신기하게도, JROTC 의장 연습을 하는 거의 모든 친구들이 그랬다. 그리고 나서는 의장 연습이 끝나면 원래 내가 아는 모습으로 돌아왔다, 마치 마법처럼.

'인생은 새옹지마'라는 말은 내 마음의 배터리
———

학교 방과 후 프로그램이 끝나고 집으로 가는 교통편을 기다리는 시간이 하루 중에서 가장 지루했다. 생산적인 활동이나 숙제를 하기에는 너무 애매한 시간이 남고, 또 그렇다고 해서 뾰족하게 뭘 할 만한 게 없었다. 물론 지금에 와서 생각해 보면, 그때 친구들과 많이 친해질 수 있었고, 또 새 친구들도 아주 많이 만날 수 있었다. 하지만 그때는 정말 그 시간이 쓸모없게 지나간다는 생각을 머릿속에서 떨쳐낼 수가 없었다.

그리하여 그 시간을 활용할 만한 여러 가지 방법을 시도해 보았는데, 친구들과 앉아서 이야기하는 것부터 학교 주변 달리기, 춤추기처럼 정말 말도 안 되는 것까지 모두 다 하고 다녔다. 그래도 다행이었던 건, 주변 친구들 덕분에 예전처럼 휴대폰이나 컴퓨터에만 매달려 있지 않고 몸으로 움직였기 때문에 지금 돌아보면 후회가 별로 남지 않는다. 실제로 카메라 구도도 이때 연습을 좀 많이 해서, 발전이 있었던 것 같다. 정말 새옹지마라는 말이 괜히 있는 게 아니다.

다른 시각에서 보면, '인생은 새옹지마'라는 말은 내게 마음의 배터리다. 이 문구는 내 마음속 아주 깊은 곳에 새겨져 있으면서 항상 내가 무슨 행동을 할 때마다 용기를 주었다. 내가 지금 하는 행동이 조금은 멍청해 보이고 때로는 정말 후회할지도 모를 순간들이 오겠지만, 긍정적으로 생각하다 보면 뜻했든, 뜻하지 않았든 나중에 좋은 결과나 효과가 항상 있을 것이다. 실제로 지나보면 대부분 그러했다. 그리고 나는 이런 '믿음'으로 오늘 하루를 역시 또 힘차게 시작한다.

수업이 끝난 뒤 자유 시간에 흥겹게 춤추고 있는 해나와 안드레스

'질문'에 대처하는
한국과 미국의 차이

솔직히 말해서, 나는 평생 학교를 다니면서 '평범'이라는 개념과는 거리가 좀 있는 생활을 했다. 그리고 더 솔직히 말해서, 그런 나를 매력적이게 보이는 방법을 몰랐던 어린 시절의 나는 '이상한 놈'이라는 꼬리표를 달고 살기도 했다. 일례로 나는 질문하는 걸 참 좋아했고 지금도 아주 좋아한다. 내가 관심이 있는 것이라면 나는 꼭 알아야 했다.

그랬기에 어릴 때 부모님이 가르쳐 주신 바로는 내가 모르는 무언가가 궁금하면 누군가에게 묻거나 찾아보는 것이 그 궁금증을 해소하는 좋은 방법이었다. 이런 나의 특징은 때로는 아주 곤란한 상황을 연출하기도 했다. 한번은 남산에 놀러가서 공중화장실에 설치된 콘돔자판기를 보고 옆에 있던 사촌형에게 계속 질문을 해댔다. 가파른 길을 걸어 올라가는 내내 아주 똘망똘망한 눈빛으로 "형, 콘돔이 뭐야?"하고 쉬지 않고 물었던 7살의 내가 아직도 생각난다.

하지만 나의 이런 특징은 가끔은 나를 오히려 위축되게 하기도 했다.

수업시간에 해대는 내 질문에 "너는 그것도 모르냐?" 하셨던 선생님의 면박은 대처하는 방법을 몰랐던 나에게는 꽤 큰 상처였다. 그리고 솔직히 말해서, 이런 복합적인 요인들 덕분에 나는 커갈수록 이전에 비해 소심해져갔다.

항상 질문을 하기 전에는 '이 질문을 하면 주변 반응이 어떨까?' 하는 불안감이 조금 느껴졌고, 또 '에이, 별것도 아닌데 뭐. 안 하고 말지' 하는 소심함까지 더해졌다. 시간이 흐를수록 이런 감정들은 내게 답답함을 안겨다 주었다. 뭔가 깔끔하게 해결되지 않은 듯한 어정쩡한 느낌, 나는 이런 느낌이 너무도 싫었다.

그런데 내가 미국에 있을 때 가장 부러웠던 점 중 하나는 바로 질문에 대한 주변 분위기였다. 미국에서는 질문에 대해 거리낌이 없었다. 내가 앞에서 이야기했던 불안함을 애초에 가질 만한 조건이 조금도 없었다. 이곳에서는 모두가 하는 질문은 존중받았고, 질문을 한다는 것은 절대 바보 같은 행동이 아니었다. 그리고 이런 환경은 나를 학교에서든, 일상생활에서든 찝찝함을 남기지 않고 홀가분하게 만들어 주었다. 게다가 이런 홀가분함 덕분에 나는 조금 더 명료하고 의욕적인 삶을 살 수 있었다.

'학교의 주인은 학생이다'라는 말의 의미

—

한국에서는 고등학생이라고 하면, 교복을 입고 학교에서 공부하는 딱히 특별할 게 없는 신분이다. 물론 3년 뒤면 대부분 대학에 가고 성인이 되지만, 아직 미성년자라는 명목 하에 딱히 자기 자신이 선택을 하는 일은 얼마 없다.

하지만 미국에서 고등학생에 대한 기대는 조금 달랐다. 성인이 되기 전의 바로 이전 관문으로, 어느 정도까지는 내 주변에서 일어나는 일들에 대해 판단과 결정을 해야 했다. 그리고 그에 따른 책임도 져야 했다. 학교도 이제는 '넌 앉아서 그냥 공부만 해. 나머지는 다 어른들이 알아서 한다'가 아니라, '학교도 네가 살아가는 공간이니, 구성원으로서의 행동도 하고, 그에 대한 책임도 져야 한다'라는 느낌이었다.

정말 재미있었던 건, 우리나라에서 어릴 때부터 늘상 들어왔던 '학교의 주인은 학생이다'라는 여태까지 빛 좋은 개살구 같았던 말이 실제로 이곳에서는 다가왔다는 사실이다. 이전까지는 사실 학생이라고 하면, 그냥 자동차 속 하나의 톱니바퀴와 같았다. 규격에 꼭 맞도록 내가 깎여야 했다. 하지만 여기서는 톱니바퀴 하나를 디자인하는 디자이너가 되어야 했다.

학생 정부에 소속된 각 학년 친구들이 학년별 공간을 디자인하기 위해 포스터를 꾸미고 있다.

그리고 디자인된 친구들의 톱니바퀴를 이리저리 잘 조립해서 자동차를 만드는 건 선생님의 몫이었다. 그렇기에 우리는 각자 그 큰 자동차 하나의 주인이 될 수 있었다. 이어북에 있었던 친구들은 이어북 편집실에서 친구들과 주도적으로 책을 한 권 만들어냈다. 또한 학생회에 있었던 친구들은 어떻게 하면 더 재미있고 의미 있는 학교 행사를 만들 수 있을지 고민했다. 환경부에 있었던 친구들도 어떻게 하면 우리 모두의 공간인 학교가 아름답게 꾸며질지를 고민했다.

결국 이런 개개인의 노력이 모여서, '학교'라는 하나의 크고 아름다운 공간이 탄생할 수 있었다. 그리고 그 속에서 우리는 서로 힘을 합쳐 이런 공동체를 이뤘다는 데 대한 행복을 찾을 수 있었다. 나는 비로소 이곳에서 '학교의 주인은 학생이다'라는 말의 참다운 의미를 제대로 배울 수 있었던 것이다.

알루미늄 캔 속에
고이 간직된 추억

　　내가 호스트를 옮기고 얼마 되지 않았을 무렵, 호스트 가족
들과 저녁식사 후 각자의 흥미에 대해 담소를 나누고 있었다. 아직 브랜
든(Brandon Lowe)을 제외한 호스트 가족들이 나를 잘 모를 때여서, 서로를
잘 알아가기 위한 목적도 있었다. 이야기는 자연스럽게 내가 뭘 좋아하는
지, 뭐에 흥미가 있는지에 관해서 중점이 맞추어졌는데, 필연적으로 사진
과 카메라 이야기가 안 나올 수가 없었다.

　실제로도 조금 놀라웠던 점은, 물론 전문적으로 배운 건 아니지만, 호
스트 부모님의 사진에 대한 생각은 정말 남들과 달랐다는 것이다. 이유인
즉슨, 두 분의 가족 중에 모두 사진 활동을 하는 분들이 계셔서 어릴 때부
터 관심이 있었다고 했다. 그러더니 침실에서 필름 카메라 두 대를 주섬주
섬 가지고 오셨다. 카메라 두 대는 모두 미놀타 모델이었는데, 그중 미놀
타에서 나온 명기 중에 하나인 x700도 있었다.

　미놀타 x700은 정말 클래식한 검정색 SLR 카메라로, 세계 최초로 프로

미놀타 X-700과 70-200 망원렌즈.

70-200 망원렌즈에 2배율 컨버터를 장착한 모습.

그램 오토 모드를 탑재한 카메라다. 게다가 그런 전설적인 카메라를 눈앞에서 보고 있다는 사실만으로도 충분히 감격스러웠는데, 호스트 엄마가 뜻밖의 제안을 하셨다. 내가 같이 사는 6개월 동안은 나에게 빌려 주시기로 한 것이다. 그리고 결론부터 말하자면, 6개월이 지난 지금은, 어느 시의 한 구절처럼 그 카메라는 나에게로 와서 '꽃'이 되었다.

필름 카메라가 주는 감성

생각대로 필름 카메라는 아주 매력적인 감성을 지니고 있었다. 전자식이긴 하지만 경쾌한 셔터 소리와, 셔터 한 번 한 번이 주는 여운은 쉽사리 헤어 나올 수가 없다. 게다가 필름이 요즘은 워낙 비싸서(한 장 찍을 때마다 천 원 꼴로 돈이 든다) 디지털 카메라로 하는 것처럼 수

십 장을 막 찍을 수가 없다.

그런 까닭에 필름 카메라를 잡는 내 손은, 평소보다 몇 배는 더 신중하게 된다. 하지만 그렇게 찍은 한 장의 사진은 따로 보정을 하지 않아도 디지털 카메라가

따라올 수 없는 감성을 뿜어낸다. 디지털 카메라로 찍은 사진을 아무리 보정해 봐도, 필름의 그 소박하고 감성적인 느낌을 따라갈 수가 없다.

카메라를 받아들고 너무 기쁜 나머지, 학교로 카메라를 들고 가서 브랜든과 테스트를 해보기로 했다. 브랜든은 학교 사진 수업에서 보조 일을 하고 있어서 사진 선생님께 꽤 좋은 필름 한 롤을 얻을 수도 있었다. 그때 장착한 것이 일포드 400 필름인데, 아직까지 필름통 속에 고이 모셔져 있다. 나에게는 너무 뜻깊은 필름 롤이라서 선뜻 인화하기가 어렵다. 솔직히 말하자면, 인화하고 싶지 않다. 다만, 그 추억을 알루미늄 캔 속에 고이 간직하고 싶을 뿐이다.

내 꿈의 동반자를 선물한 호스트 엄마

—

지금도 호스트 부모님이 주신 수동 SLR 카메라는, 소니 디지털 카메라와 함께 내 어깨 한쪽에 걸려 다닌다. 호스트 엄마가 마지막에 카메라를 나에게 가지라고 하시며, 이렇게 말씀하셨다.

호스트 엄마가 선물해주신 소중한 나의 동반자.

"범수야, 나는 네가 이 카메라를 팔아도 좋고, 써도 좋고, 네가 하고 싶은 대로 했으면 좋겠다. 그 카메라는 우리 아버지가 쓰시던 건데, 나보다는 너에게 훨씬 더 많은 의미가 있으리라고 생각한다. 내 침실에서 수십 년간 구석에 처박혀 있느니, 네 손에 쥐어져서 네 꿈을 향해 가는 길에 같이 걸어갈 수 있는 동반자가 되었으면 좋겠구나."

이 말은 아직도 내 마음속에 한 장의 사진이 되었다. 그래서 내가 그 카메라에 눈을 가져다 대고 세상을 보는 순간마다 머릿속을 맴돈다.

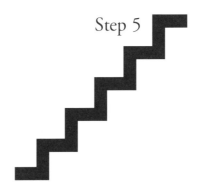

Step 5

알래스카에서의
마지막 여행

알래스카에서 집으로 돌아오기 일주일 전, 아주 싱숭생숭했던 그 시기에 나에게는 마지막으로 알래스카를 돌아다닐 수 있는 기회가 주어졌다. 정말 이런 날이 오게 되리라고는 바로 저번 달까지만 해도 생각지도 못했는데, 시간은 어느새 바로 뒤에 바짝 쫓아와 있었다.

이제는 정말 돌아갈 시간이 얼마 남지 않았다는 생각에 허탈하기도 했지만, 남은 1주일만큼은 아주 알차게 보내고 싶은 마음이 간절했다. 그래서 나는 몇 가지 계획을 세웠다. 우선 내가 운전을 하거나 대중교통을 이용할 수는 없었기에, 이번 여행의 테마는 앵커리지에서 안 가본 명소들을 다 가보기로 했다.

생각해보면, 마치 서울 사람이 북촌 한옥마을을 자주 안 가는 것과 비슷한 이치다. 나도 앵커리지 근교에 살면서도 자주 가는 몇몇 곳을 제외하고는 딱히 많이 돌아다니지를 않았던 것 같다. 이참에 아예 '뽕을 뽑을' 작정이었다.

우선 앵커리지 여행 정보센터에서 가능한 모든 정보를 긁어모아 보았다. 그런 다음, 실현 가능한 것을 기준으로 하나씩 추려나갔는데, 마지막으로 결정된 프로그램은 다음과 같다.

1. 앵커리지 동물원
2. 알래스카 네이티브 해리티지 센터(Alaska Native Heritage Center)
3. 앵커리지 트롤리버스 투어
4. 앵커리지 오로라 극장

하지만 앵커리지 트롤리버스의 경우는 그 노선에 내가 가본 곳이 너무 많이 포함되어 있었다. 그래서 20달러였던 요금을 지불하기가 조금 아까웠던 탓에 리스트에서 제외를 시켰다(물론 앵커리지에 단기 여행을 목적으로 가는 사람이라면 무조건 해봐야 한다고 생각한다. 트롤리버스만큼 앵커리지를 알차게 단시간에 둘러볼 수 있는 프로그램이 드물다). 그리고 동물원과 네이티브 해리티지 센터를 나 홀로 하루를 꽉 채워서 둘러보기로 했다.

앵커리지에 있는 제2차 세계대전 참전 기념비. 앞쪽에 펄럭이는 태극기도 보인다.

네이티브 헤리티지 센터에 있던 회색고래 뼈. 그 크기가 엄청나다.

알래스카 네이티브 헤리티지 센터 전경.

잔잔한 떨림이 있는 '나 홀로 여행'의 시작

———

사실 여태까지 나는 앵커리지에 단 한번도 홀로 가본 적이 없다. 항상 앵커리지에 갈 때면 친구나 호스트 가족이 함께했다. 하지만 이번 여행만큼은 마지막으로 나 혼자 돌아다니면서 개인적인 시간을 갖고 싶었다.

잔잔한 떨림을 느끼며, 바로 전날 장비들을 준비해 놓고 잠자리에 들었다. 이튿날, 드디어 이른 아침이 밝아왔다. 방학 기간이었기에 항상 10시 정도가 되어서야 일어났던 나였다. 하지만 이날만큼은 상쾌한 기분으로 6시 정도에 눈을 떴다. 오랜만에 느끼는 이른 아침의 고요함은 나를 한층 더 들뜨게 했다.

즐거운 마음으로 옷을 챙겨 입고 장비들을 모두 챙긴 뒤, 호스트 엄마의 차에 몸을 실었다. 내가 차에 타자마자 호스트 엄마가 말씀하셨다.

"범수야, 내가 같이 못 가서 미안하구나. 하지만 너에게는 아주 의미 있고 즐거운 시간이 되리라 믿는다. 가까이 있으면서도 잘 안 가던 곳이라 '앵커리지에 이런 곳이 있었어?' 하는 재밌는 기분도 느낄 수 있을 거고 말이야. 지금은 너무 이른 아침이라 아직 모든 게 준비 중인 상태일 테니, 내가 아주 좋아하는 커피숍에 내려 줄게. 거기 모닝커피가 아주 맛있는데 한번 먹어 보렴."

　항상 우리 호스트 엄마는 나를 이렇게 친아들처럼 아끼고 배려해 주셨다. 그 즐거웠던 날의 시작도 이렇게 호스트 엄마의 따스함이 함께했다.

나, 정말 문제 있는 거야?

　오전 8시 정도의 앵커리지는 아직 잠에서 덜 깬 모습이었다. 호스트 엄마가 좋아하신다는 그 커피숍은 11번가에 있었으므로, 거기를 가기 위해선 번화가인 4, 5번가를 지나야 했다. 아직은 준비되지 않은, 햇살 아래 조금은 게으르게도 보이는 도시의 모습이 밤에 보던 공허함과는 또 다른 느낌을 주었다.

　사실 커피를 마시지 않는 나이지만, 그날만큼은 호스트 엄마가 추천해 준 그 커피숍에서 아메리카노와 와플을 하나씩 시켰다. 물론 내 입맛에는 그저 '녹차보다 조금 더 쓰고 특별한 향이 있는 물'에 불과했지만, 아침의 빈속을 따뜻하게 채우기는 충분했다. 그리고 버스를 탈 수도 있었지만, 그날만큼은 홀로 거리를 걸었다.

네이티브 해리티지 센터에서 열리는 전통 문화 공연.

앵커리지의 4번가와 11번가 사이는 사실 아주 흥미로운 공간이다. 이곳은 딜레니(Delaney) 공원을 기준으로 주거 구역과 사무 구역의 구분이 확실하다. 8번가 이후로 이어지는 주거 구역에서는 아주 멋진 새 집들 사이로 듬성듬성 고즈넉하고 아담한 아주 오래된 집들이 잘 조화를 이루어 색다른 느낌을 준다.

그래서 길을 걷다 보면, 항상 이리저리 둘러보게 되고 많은 곳들이 내 눈길을 끈다. 10시 10분, 네이티브 해리티지 센터로 가는 첫 셔틀을 탈 수 있었다. 네이티브 해리티지 센터는 특히나 내가 사는 곳과 가까웠는데, 그렇게 유명한 곳인지도 몰랐다. 그냥 항상 오며가며 지나쳐 보기만 했던 곳이다.

하지만 예상 외로 아주 잘 조직된 곳이었는데, 알래스카에 있는 여러 부족들을 각 부족별 특징으로 나눠서 자세하게 알아볼 수 있었다. 특히나 야외 전시장이 아주 인상 깊었는데, 각 부족별 전통의 건축 양식대로 집을 지어놓았다. 그 속에는 실제로 부족 사람이 쓰던 물건을 가져와서 그 물건에 대해 설명해 주었고, 심지어는 만질 수 있게도 해주었다.

한쪽 구석에서는 아이디트로드에 참가했던 실제 개썰매 팀의 개썰매 체험도 있었다. 여타 박물관들과는 다르게 정말 실제적인 느낌이 강했다.

그래서 호스트 엄마가 처음에 이야기하셨던 말씀이 그대로 실현되었다.

"아마 한두 시간쯤 걸릴 거야. 그것보다 더 걸리면 글쎄, 너한테 무슨 문제가 있는 걸 거야."

실제로 세 시간 반이 걸렸다. 맞다, 사실 나 문제 있다.

익숙한듯 낯선, 앵커리지 동물원

그렇게 짧게만 느껴졌던 해리티지 센터를 나와서 앵커리지로 다시 돌아왔다. 한창 돌아다니고 구경할 때는 몰랐는데, 버스를 타자마자 허기진 배는 연신 '야, 빨리 밥 줘! 현기증 난단 말이야!'라며 울부짖고 있었다. 하지만 배고픔을 해결할 방법은 그렇게 많지 않아서 그냥 바로 서브웨이(샌드위치 체인점)로 달렸다. 그렇게 좀 화가 나 있었던 배를 진정 시킨 뒤, 오후 2시 정도에 앵커리지 동물원으로 가는 버스를 탔다.

앵커리지 동물원은 사실 규모가 엄청 크거나 희귀 동물이 많은 그런 대형 동물원은 아니다. 하지만 알래스카에 사는 동물들을 한눈에 둘러볼

진짜 알래스칸 말라뮤트 썰매개들. 여름이지만 훈련을 게을리하지 않는다.

수 있다는 점이 매력이라면 매력이다. 집 뒷마당에서 가끔 볼 수 있는 친숙한 동물들을 한자리에 모아놓은 느낌이랄까. 신기한 느낌보다는 아주 친숙한 기분이 들었다. 동물원 안의 동물들 또한 그렇게 귀여울 수가 없었다.

　내가 동물원에 도착했을 때가 약 오후 3시쯤이었다. 이맘때는 다들 느려지는 시간대였다. 여러 동물들은 그냥 널브러져서 잠을 자고 있었고, 그 모습은 마치 호스트 집에 있었던 강아지 두 마리를 보는 느낌이었다. 항상 우리 강아지들도 그 시간만 되면 거실 바닥에 널브러져서 낮잠을 잔다. 그래서 내가 사진을 촬영하기에는 더 편했다. 물론 생동감 넘치는 사진들은 많이 담지 못했지만, 동물의 자연스러움을 사진 속에 많이 녹여낼 수 있었다. 또한 그런 동물들의 구도를 많이 연습할 수 있는 기회도 되었다.

　이러한 점이 사실 내가 동물원에서 사진을 촬영하는 걸 좋아하는 이유다. 야생의 동물을 찍는다면, 물론 조금 더 생동감이 넘치고 현실감이 있는 사진을 만들어 낼 수 있다. 하지만 그 기회가 극히 한정되어 있다. 동물이 언제 나타난다는 보장도 없고, 그 동물을 이용해서 완벽한 구도를 만들어 낸다는 게 쉽지 않다. 특히나 나같이 변변한 장비가 없는 헝그리 유저들은 더더욱 그런 기회가 희박해진다.

하지만 동물원에서는 동물의 동선을 대략적으로 파악할 수 있고, 굳이 비싸고 좋은 장비를 갖추고 있지는 않더라도 어느 정도의 수준까지는 기회를 잡을 수 있어서 자기 능력껏 작품을 만들어 낼 수 있다. 그렇게 한참 동안 사진을 찍은 후 앵커리지로 다시 나가는 버스를 타니, 이미 시간은 오후 6시를 넘어 있었다.

어쨌든 오늘은 정말 강렬한 하루였다. 단 하루뿐이었지만, 혼자서 많은 시간을 아주 알차게 사용했고, 또 하루의 마무리는 이어북 친구들과 꼭 가고 싶었던 식당인 러스틱 고트(Rustic Goat)에서 저녁을 먹었다. 그리고 내가 가장 좋아하는 전망 지점인 포인트 원조프(Pt. Wornzof)에 가서 친구들과 시간을 보내는 것으로 끝낼 수 있었다. 그렇게 야심찼던 나의 마지막 여행은 대성공으로 막을 내릴 수 있었다.

알래스카의 뒷마당에서
일어날 수 있는 일

이번에는 알래스카의 '집 뒷마당에서 가끔 볼 수 있는 동물' 중 하나를 소개하려고 한다. '무스 (Moose)'라는 동물인데 정식 명칭은 말코손바닥사슴으로, 유럽에서는 엘크(Elk)라고도 한다. 그런데 사슴이라고 우리가 알고 있는 귀엽고 작은 동화 주인공이 아니라, 이 친구는 다 크면 길이 약 3m 정도에 몸무게만 800kg씩 나가는 그냥 거대한 동물이다.

그런데 이 동물은 알래스카에서는 아주 흔하다. 어느 정도냐면, 사계절 내내 어디에서나 볼 수 있다. 한겨울 숲속에 스노머신을 타러 들어가도 보이고, 봄에 파릇파릇한 뒷마당의 새싹 주변에서도 보인다. 그리고 여름 앞마당에 널브러져 잠자고 있는 모습도 보이고, 가을에 잘 익은 앞마당 사과나무의 열매를 따 먹는 모습도 보인다. 말 그대로 언제나 주변에 있다.

하지만 이렇게 친근한 무스는 결코 얕볼 상대가 아니다. 앞에서 언급했듯, 3m나 되는 몸길이에 800kg의 몸무게, 그리고 그 몸을 덮고 있는 근육을 보면 더 확연하게 느낄 수 있다. 실제로 일 년에 한두 명 씩은 꼭 미국에서 무스에 차여서 죽는다. 아주 위험할 수 있는 동물이라는 것이다. 게다가 이 위험성은 봄이 되면 더 심해지는데, 봄에는 어미 무스들이 새끼들을 데리고 다니면서 새 풀을 뜯어먹는 시기이기 때문이다.

무스는 보호 본능이 아주 강해서, 그 누구라도 자신의 새끼들을 건드리

옆집 앞마당에 찾아온 무스 가족.

풀을 뜯고 있는 어미 무스의 몸이 근육으로 가득차 있다.

면 일단 달려들어 강력한 뒷발로 차버린다. 그런 무스를 막을 수 있는 동물들이 알래스카에 몇이나 될지는 잘 모르겠지만, 사람은 그 범주에 절대 포함되지 않는다. 그래서 항상 주변에 무스가 있을 때에는 조심해야 한다. 또한 다른 아주 위험한 동물인 갈색곰이나 불곰들은 숲 속으로 들어가지 않는 이상은 어느 정도는 보기가 어렵지만, 이 무스는 지천에 깔려 있어서 조우하기도 아주 쉽다.

드디어 아기 무스들을 내 카메라에 담다

나는 무스 사진을 찍을 때에는 극도로 조심하면서 찍었다. 알래스카의 백야 현상 때문에 대낮처럼 보이지만, 사실 오후 9시 정도가 되어도 이곳은 밝았다. 어느 날, 두 마리의 새끼를 거느린 무스 어미가 우리 집과 옆집을 경계 짓는 수풀에서 풀을 뜯었다. 그러다가 옆집 앞마당으로 옮겨가서 그 집 앞마당이 마치 제 집인 양 한가로이 풀을 뜯고 있었다.

그런데 다 자란 무스는 아주 강인한 외모인 것과 달리, 새끼 무스는 정말 귀엽고 똘망똘망한 외모를 지니고 있다. 실제로 보면 하는 행동도 작은(제 어미에 비해서) 아기들이 이리저리 걸어 다니며 풀을 뜯는 모습을 보면 정말 저절로 아빠 미소가 나온다. 또한 나는 이미 작년 가을에 예전 호스트 집에서 이러한 장면을 놓쳤던 관계로 이번에는 절대 놓치고 싶지 않았다. 이 아기 무스들이 풀을 뜯으며 걷는 장면을 내 카메라에 꼭 담고 싶었다.

그래서 집안으로 다시 뛰어 들어가서 어찌어찌 카메라에 망원 렌즈를 연결하고 밖으로 나왔지만, 아무리 생각해도 어미 무스가 너무 무서웠다. 생각다 못해 집에서 나오는 길에 현관문도 열어놓고, 언제든지 뛰어 들어갈 수 있도록 만반의 준비를 했다. 그러고 나서는 조심스럽게 무스에게 접근했다. 예상대로 어미 무스는 나를 극도로 경계하는 눈치였다.

게다가 내가 카메라를 그쪽으로 돌리기만 하면 카메라와 나에게서 눈을 떼놓지 않았다. 물론 어미 무스의 눈에는 내 카메라가 자신을 위협하는 무기로 보였기 때문이리라. 하지만 어미 무스는 정말 고맙게도 나를 자신에게 해를 끼칠 존재로는 인식하지 않았다. 그 덕분에 나는 동물원에서 보았던 것보다 더 생생한 야생의 무스 이야기를 내 카메라에 잘 담을 수 있었다.

그리고 이건 여담인데, 사실 무스는 알래스카에서 꽤 흔한 음식이기도 하다. 매년 사냥 시즌마다 개인적으로 면허를 받아서 무스를 사냥해서 먹는데, 그 맛은 약간 질긴 소고기의 맛이 난다. 아마 어미 무스도 이런 이유로 카메라를 든 나를 경계심 가득한 눈빛으로 쳐다보고 있었을 것이다. 그래도 어쩌겠는가. 자연의 섭리는 지켜야 하는 것이다.

"넌 정체가 뭐냐?"

앵커리지 박물관에서 만난
내 꿈의 한 자락

내가 첫 번째 호스트 가족과 있었을 때 일이다. 내 첫 호스트 가족은 딱히 어디 돌아다니는 걸 좋아하는 사람들이 아니어서 같이 여행을 자주 다니지는 않았다. 그런데 아주 오랜만에 앵커리지 박물관에서 하는 반 고흐 얼라이브(Van Gogh Alive) 특별 전시회에 다녀왔다.

반 고흐 얼라이브는 빈센트 반 고흐의 작품들을 영상에 담아서 편집해 놓은 특이한 전시회인데, 음악과 자막이 곁들여져 있어 쉽게 다가갈 수 있었다. 나는 실제로도 반 고흐의 밤하늘 색감을 아주 좋아해서 야경 사진을 찍을 때도 비슷한 색을 만들어 내려고 노력을 많이 했다. 하지만 반

고흐의 작품을 디지털로 다시 보니 그 색감에 대한 이해가 훨씬 직관적으로 다가왔다. 물론 그 사진은 남기지 않았다. 나만 보고 싶었기 때문에.

어쨌든 앵커리지 박물관은 박물관 자체의 상설 전시도 아주 볼거리가 많았다. 앵커리지 박물관의 상설 전

원주민 인형 - 앵커리지 박물관.

　시는 앵커리지의 역사와 전통에 관한 것이었는데, 다른 박물관보다는 전
시 내용이 훨씬 흥미로웠다. 그 이유는, 주변에서 흔히 볼 수 있는 알래스
카 원주민들의 전통이어서 그냥 남 이야기를 한다기보다는 아주 친한 친
구 이야기가 유리 전시장 안에 전시되어 있는 느낌이었다.

반 고흐의 다양한 자화상들. 그는 자화상으로도 유명한 화가다.

러시아 땅으로 남을 뻔했던 알래스카 역사 속으로

알래스카의 역사 파트는 아주 흥미로웠는데, 알래스카의 파란만장한 짧은 역사가 그렇게 느낄 수밖에 없도록 만든다. 잠깐 이야기를 하자면, 원래 알래스카는 알래스카와 아메리카 원주민들이 여러 가지 문명을 건설하며 번성했다. 하지만 17세기 무렵, 러시아의 모피 장사꾼들이 알래스카로 정착하게 되면서 점점 러시아의 영향력 아래에 놓이게 된다.

이 러시아 장사꾼들은 아주 악랄했는데, 그들은 알류트인들을 인질로 삼아 강제로 땅을 농토로 개간하게 했다. 만일 이에 불응하면 이곳의 생존 수단인 보트를 파괴시키는 짓을 일삼았다. 또 알래스카 서부 지역에 있는 천혜의 자원인 해상 동물들을 무더기로 남획해 갔다. 그러나 러시아와는 애초에 지리적으로 너무 멀었기 때문에, 알래스카에 대한 러시아의 실질적인 지배는 불가능했다.

그러던 중, 러시아는 크림 전쟁을 겪게 되고 그 전쟁에서 패배해서 재정난에 빠지게 된다. 그리고 그 재정난을 타개하기 위해 러시아는 미국에 알래스카를 단돈 한화 약 80억 원 정도에 팔았다. 물론 지금 가치로 환산하면 10조원이 넘는 돈이긴 하다. 하지만 알래스카의 모든 자원 가치를 돈

으로 환산하면 이 금액의 약 1천배는 가뿐히 넘기기 때문에, 러시아 쪽에서는 확실히 손해 본 장사를 한 것이다.

한편으로 생각해 보면, 러시아 입장도 어느 정도 이해는 된다. 어차피 지리적으로 너무 멀어서 관리하기가 힘들고, 행여나 나중에 무슨 문제라도 생기면 방어하기도 어려우므로 미국에 아예 팔아버린 게 아닐까. 캐나다는 적국인 영국의 식민지였으니, 러시아 입장에서도 영국의 식민지인 캐나다가 미국 사이에 둘러싸이니 자연적인 방어막 효과도 기대했던 것이고 말이다.

하지만 실상은 너무도 달랐다. 알래스카에서 한 해 채굴된 금의 가치도 720만 달러를 넘었던 적이 있고, 세계 최대의 석탄 매장량과 금, 석유까지 별의별 자원이 매장되어 있었다. 게다가 냉전 시대에 들어오게 되면서 알래스카의 지리적 중요성은 더욱 부각되었고, 이는 나중에 러시아가 자신의 배를 잡게 만드는 요인이 된다.

"아이고, 내 배야! 배 아파"

이렇게 외치지 않았을까.

어쨌든 앵커리지 박물관에는 이런 이야기
들이 아주 자세한 예와 함께 잘 설명되어 있
다. 또한 알래스카에 있는 아주 긴 석유 송
유관의 모형이라든지, 거기서 처음 채굴된
석유 샘플, 그리고 알래스카에 사는 다양한

동물들의 박제와 사진은 박물관이라기보다는 마치 체험관처럼 아주 흥미
롭고 재미있게 구성되어 있었다.

소박하지만 아름다운 그곳에서 꿈길을 탐구하다

—

마지막으로 박물관의 3층에 올라가 보았는데, 그곳은 소규모 특별 전
시관이었다. 마침 운이 좋게도 알래스카 사진의 역사에 대해 조그만 전시
회를 하고 있었다. 정말 나도 운이 좋은 게, 아주 좋아하는 화가의 특별
전시회와 재미있는 박물관 탐방, 그리고 사진 전시회 관람까지 이 모든 일
을 하루 만에 모두 할 수 있었던 셈이다.

사진 전시회의 규모는 작았지만, 실제로 찍힌 슬라이드 필름 사진을 라이트박스 위에 올려놓고 루페로 감상하는 코너는 아주 멋들어졌다. 특히 나같이 사진에 관심이 많은 사람이 보기에는 정말 느낌이 있는 좋은 전시회 방법이었다.

사진의 디테일한 모습들을 지켜보며 찾아내는 그 아름다움은, 커다랗게 인화한 사진에서 느끼는 디테일과는 느낌 자체가 다르다. 사람의 감성을 자극하고, 내가 보지 못했던 또 다른 세계를 본다는 느낌이 아주 묘하다.

앵커리지 박물관은 내가 가 본 박물관 중 손에 꼽을 만큼 흥미로웠던 박물관이다. 물론 내용이 거창하거나 화려하지는 않았지만, 아주 소박하고 깔끔한 느낌의 박물관이었다. 게다가 시기도 아주 잘 맞추어 가서 여러 특별 전시까지 볼 수 있었다. 그 덕분에 내가 좋아하는 주제들에 대한 탐구를 심층적으로 할 수 있었던 좋은 기회가 되었다.

알래스카에서 함께했던
첫 번째 호스트 가족 이야기

       나는 알래스카에 있으면서 호스트 가족을 한 번 바꾸어서, 앞에서 자꾸 '호스트 패밀리', '첫 번째 호스트 패밀리' 같은 명칭을 달리 사용했다. 그 가족을 여기서 소개해 보려고 한다.

    우선 나의 첫 번째 호스트 패밀리는 부모님과 남동생 세 명으로 구성된 파소-포모소(Faso-Formoso) 가정이었다. 파소-포모소는 그 집안의 성씨였는데, 이유는 호스트 아빠 성씨가 파소였고, 두 분이 결혼하면서 자신의 성을 잃지 않고 싶으셨던 호스트 엄마는 호스트 아빠의 성씨 뒤에 자신의 성씨를 하이픈으로 붙여버렸다. 상당히 긴 성이지만, 이 한 가족밖에 없다는 점에서 아주 특별한 성씨였다.

    호스트 부모님은 플로리다에서 만나 결혼하셨고, 두 분 다 알래스카로 이주한 뒤 이곳에서의 여유로운 삶이 너무 좋아서 그냥 여기 정착하셨다고 한다. 모든 호스트 형제들은 두 살 터울이었다. 첫째 호스트 동생인 일라이(Elijah Faso-Formoso)는 나보다 한 살 어렸고, 나와는 다르게 수학에 상

당한 재능이 있었다.

둘째 노아(Noah Faso-Formoso)는 중학생인데, 솔직히 말해서 내가 보기엔 중2병 시기를 겪는 것 같았다. 하지만 일라이와 같이 수학을 아주 잘했고, 학교에서 콘트라베이스를 연주했다. 마지막으로 막내 아이제야(Isaiah Faso-Formoso)는 이제 갓 중학교에 입학한 꼬맹이로, 나와 방을 함께 사용했는데 약간의 정서 불안 증세가 있었다. 하지만 나와는 곧잘 친해졌고, 또 나를 잘 따라 주어서 상당히 정이 많이 갔던 아이였다.

그런데 이밖에도 소개할 가족이 또 있다. 첫 호스트 집에서는 검은 고양이를 한 마리 키웠는데, 그 고양이의 이름은 '로켓(Rocket)'이었다. 언뜻 들으면 수컷 고양이 이름 같지만, 사실은 새침데기 암컷 고양이였다. 나

는 로켓과 친해지려고 무진장 애를 썼지만, 아무리 노력해도 딱히 나를 좋아해 주지 않아서 무슨 말을 해야 할지는 잘 모르겠다. 그냥 내가 밥이나 물을 줄 때만 그르렁거리면서 내

피터스 크릭에 있었던 첫 호스트 집.

방에 누워 애교를 부렸다. 하지만 그마저도 일정 시간이 지나면 싫다는 듯이 나를 할퀴어 버려서 정말 무슨 생각을 하는지 알 수가 없었다.

잠꾸러기도 일찍 깨우는 알래스카의 아침 풍경

우리는 추기악(Chugiak) 시 안에 피터스 크릭(Peter's Creek)이라는 동네에 살았는데, 우리나라로 치면 '추기악 시 피터스 크릭 동' 정도 된다. 피터스 크릭은 사실 아주 평화로운 곳이었다. 이름만 들어도 느낌이 확 오는데, 말 그대로 정말 천혜의 자연 속에 있다. 베어 마운틴(Bear Mountain)이 마을 전체를 감싸고 있고, 그 중간에는 피터스 크릭이라는 냇물이 흘렀다. 그리고 마을의 뒤쪽은 바다여서 아주 아담하지만 예쁜 공간이었다.

또한 내가 살았던 집은 앞마당과 뒷마당이 연결되어 있는 구조였다. 그래서 마당이 아주 넓었다. 물론 마당의 푸른 잔디는 눈 덕분에 1년 중 볼 수 있었던 날이 얼마 없었지만, 그래도 9월 초에는 새파란 잔디와 산, 그리고 높고 푸른 하늘의 조화는 이루 말할 수 없이 아름다웠다. 오죽하면 아침잠이 그렇게 많은 내가 학교에 처음 등교했던 며칠 동안은 아침에 나와

아주 아름다웠던 집앞에서의 풍경. 앞에 보이는 산이 베어 마운틴이다.

뒷마당에 있었던 바비큐 그릴.
폭립이 아주 맛있게 익어가고 있다.

첫번째 호스트 가족의 집으로 향하는 길.

서 마당의 풍경으로 잠을 깨우기까지 했으니 말이다.

　게다가 집 뒤쪽으로는 숲이 있고, 앞마당에는 사과나무가 있어서 가끔 무스나 늑대 같은 동물들을 볼 수도 있었다. 하지만 이런 좋은 자연 환경들을 갖추고 있었어도, 단 한 가지 단점이 교환학생이었던 내 발목을 잡았으니, 그건 바로 편의성이었다. 워낙 조용하고 깨끗한 동네라서 뛰어 놀거나 휴식을 취하기는 아주 좋았지만, 마트에라도 한번 갈라치면 아주 고역이었다. 가장 가까운 동네 마트는 걸어서 30분 정도 위치에 있는 주유

소 편의점 하나밖에 없어서 항상 차를 타고 다녀야 했다. 운전을 할 수 없었던 나로서는 상당히 불편했다.

하지만 그런 단점조차도 무마시킬 정도로 여기서 보았던 자연환경과 전망은 정말 아름다웠다. 오히려 지금 생각해 보면, 첫 호스트 가족 덕분에 알래스카와 내가 더 친해질 수 있었던 것 같다. 항상 내 발로 걸어 다니면서 감상하는 풍경은 영하 25도의 강추위 속에서도 내 발을 쉼 없이 움직이게 할 정도로 매력적이었기 때문이다.

물론 호스트를 옮긴 일이 썩 유쾌하거나 즐거운 일은 아니었다. 하지만 호스트 아빠와 여러 가지로 잘 맞지 않아서 옮길 수밖에 없었다. 그러나 내 첫 번째 호스트 가족이었던 만큼 이 가족들에 대한 감사도 항상 하고 있다. 교환학생 기간의 중간에 집을 옮겼지만, 그래도 나와 6개월 동안 동고동락하며 살았던 사람들이니까. 그리고 이 가족 덕분에 볼 수 있었던 알래스카의 아름다운 풍경들도 내 마음 저편에 아직도 생생한 감동으로 저장되어 있다.

알래스카의 대자연을 품은
리플렉션 호수

알래스카의 겨울은 아주 특별하다. 항상 다른 지역과는 비교할 수 없는 스케일을 자랑하는 알래스카는 계절까지도 다른 지역과 비교하면 아주 화끈하다. 추울 땐 정말 춥고, 더울 땐 정말 덥다. 게다가 '정말 춥다'는 이 말은, 농담이나 허풍이 아니라 말 그대로 정말 춥다. 인터넷에서 우리가 동영상으로나마 보던 혹한의 증거, 예를 들어 공중에 끓는 물을 던지면 사라져 버린다든가, 온천에서 머리를 물에 담그고 나오면 머리카락이 얼어서 똑똑 부서지는 현상을 실제로 체험해 볼 수 있다.

이렇게 어찌 보면 매력적이기까지 한 강추위는 종종 (당연하게도) 문제를 일으키기도 한다. 그중 가장 대표적인 문제는 결빙이다. 수증기까지 닥치는 대로 얼려버리는 날씨는 겨울동안 알래스카의 모든 도로를 사정없이 얼려버린다. 게다가 알래스카의 가을에서 겨울로 넘어가는 환절기에는 비가 엄청 많이 오고, 그 비는 고스란히 도로 위의 미끄러운 얼음으로 탈바꿈한다. 그리고 이듬해 봄까지 녹지 않고 그 자리를 그대로 지킨다.

꽁꽁 얼어붙은 알래스카의 겨울길.

상황이 이렇다 보니, 차들이 다닐 수 있도록 자갈을 뿌리는 그래블 트럭은 거의 매일 도로에 자갈을 뿌리고 다닌다. 그래서 알래스카에서 사계절 내내 운전을 하기 위해서는 4륜 구동 자동차에, 겨울용 타이어나 스파이크 타이어는 필수 항목이다. 또한 이 정도로 준비를 철저히 한다고 해도 항상 위험하기는 매 한가지다. 운전을 안 하는 나도 아주 위험한 상황에 몇 번 처해 보았으니, 따로 설명을 하지 않아도 어느 정도인지 상상이 가리라 믿는다.

　하지만 더 큰 문제는 따로 있었다. 바로 나 자신이었다. 아무리 추운 겨울이고 앞에서 열거한 위험이 있다고는 했지만, 마냥 집에만 있으려니 두 다리가 나를 자꾸 밖으로 잡아끌었다. 그런데 난 운전을 못했고, 그때는 운전을 할 수 있는 친한 친구가 없어서 항상 집 주변으로만 무작정 카메라를 들고 걸어 다녔다. 그러던 어느 날, 그 모습을 지켜보던 첫 호스트 엄마가 말씀하셨다.

　"범수야, 나 오늘 리플렉션 호수로 운동 갈 건데 같이 갈래? 항상 여기 주변만 다니니까 좀 심심하지?"

　뭐 딱히 다른 걸 더 생각할 이유도 없었다.

　"네!"

까도, 까도 자꾸 나오는 양파 같은 알래스카의 매력

다른 호스트 가족들은 딱히 관심이 없어 보여서 호스트 엄마랑 나, 둘만 나가기로 했다. 처음에는 차로 한 40분 정도 가야 될 줄 알았는데, 대략 20분 정도만 달리더니 멈춰 섰다. 지금 생각해도 정말 신기한 것 중 하나인데, 알래스카는 정말 양파처럼 겹겹의 매력이 둘러 싸여 있다. 찾아도, 찾아도 계속 나온다. 집에서 고작 20분 정도만 달렸을 뿐인데, 이렇게 아름다운 경치를 볼 수 있다니! 알래스카에서 항상 이런 기분을 느낄 때마

다 경이로웠다.

　리플렉션 호수(Reflection Lake)는 우리말로 하면 '반사 호수' 정도 되는
데, 이렇게 이름이 붙은 이유는 호수 물이 워낙 잔잔해서 호수에 비치는
반사상이 아주 아름답기 때문이라고 한다. 실제로 이 호수 주변을 둘러싸
고 있는 알래스카의 대자연은 실로 감탄이 나올 만큼 아름답다.

　그런데 내가 갔을 무렵에는 호수가 완전히 얼어 있어서 반사상을 보기
힘들 때였다. 만약 여름에 제대로 날을 잡아서 방문했으면, 그 광경이 어

땠을지는 상상조차 가지 않는다. 정말 아쉽기만 할 뿐이다.

　어떻게든 아쉬움을 조금이나마 만회해 보려고 호스트 엄마가 호수 주변을 돌며 운동을 하고 계실 때, 나는 그 차가운 호수에 발까지 빠트려가며 내 눈과 카메라로 풍경을 담는데 여념이 없었다. 그날도 몹시 추웠지만, 오랜만에 제대로 밖에 나온 것 같아서 정말 생기를 되찾은 날이었다.

길 은 길 로
이 어 진 다

Step 6

알래스카의
못 다한 이야기들

앞에서도 몇 번 언급되었던 그 의문의 장소를 드디어 이렇게 정식으로 소개할 수 있어서 정말 기쁘다. 이 장에서는 내가 알래스카에서 가장 좋아했던 장소 중 하나인 포인트 원조프(Pt. Wornof)라는 곳에 대해서 소개할 예정이다(사실 이 글을 쓰면서도 가슴이 벌렁거린다. 아직도 생각만 하면 행복한 곳이다).

이곳은 이름에 얽힌 에피소드도 있다. 포인트 원조프는 내가 이어북을 하면서 만나게 된 친구인 퀸과 처음 갔다. 어느 겨울날, 퀸과 나는 주말에 같이 저녁을 먹으러 가기로 했다. 원래 퀸과는 딱히 저녁을 함께할 만큼 친한 사이는 아니었다. 하지만 이어북을 같이 하고 또 그러면서 종종 문자도 주고받게 되었다. 게다가 우리는 좋아하는 것까지 같았다. 나와 퀸은 음식 먹기, 사진 찍기를 제일

포인트 원조프의 전경.
내가 가장 좋아할만 하지 않은가?

포인트 원조프에서 바라본 앵커리지 전경.
사진 속 내 친구 케빈은 물수제비를 뜰만한 돌을 찾고 있다.

좋아했다.

이날은 더구나 퀸이 아주 맛있는 피자집이 있다고 제안을 해서 같이 가게 되었다. 그 피자 가게는 '무스스 투스(Moose's Tooth)'라는 곳인데, 우리말로 하면 '무스 이빨'이다. 이 가게는 이름에서 풍기는 으스스한 이미지와는 달리, 미국에서 무려 세 번째로 맛있는 피자집으로 알려져 있다. 이 무스 이빨 피자는 앵커리지에 두 개의 가게가 있는데, 하나는 그냥 음식점인 무스 이빨이고, 다른 하나는 음식점과 영화관을 결합해 놓은 곳인 베어스 투스(Bear's Tooth)로, 우리말로 하면 '곰 이빨'인 가게도 있었다.

나랑 퀸은 그날 곰이빨 가게로 가서 저녁을 먹었는데, 그때 먹었던 미트볼 피자는 정말 두고두고 요즘도 가끔 생각날 정도로 맛있었다. 퀸은 그날 부리또도 먹었다. 퀸이 살사 소스를 너무 좋아해서 살사 소스만 컵째로 들고 마시는 진풍경(?)도 보여주었다. 물론 퀸이 주문했던 부리또도 아주 맛있었다. 퀸과 함께 간 음식점은 절대 실패한 적이 없다. 아주 멋졌던 식사를 마치고 퀸이 나에게 말했다.

"범수야, 내가 앵커리지에서 가장 좋아하는 장소가 있는데, 너한테 꼭 보여주고 싶어."

애초에 퀸은 이렇게 말을 아름답게 꾸며서 하는 애가 아니라서 처음엔 정말 깜짝 놀랐다. 평소 같았으면 "야, 좋은 곳이 있는데 가자!" 정도로만 얘기하는 친구라서 말이다. 그래서 나도 "네가 그렇다면 꼭 가보고 싶은데, 뭐하는 곳인데?" 하고 물어봤다. 그랬더니 퀸은 "포인트 '원즈 오프'라고 경치가 아주 끝내주는 곳이 있어. 가보면 알 거야." 하고 운전하기 시작했다

정말이지 이 '원조프'라는 명칭은 여러 달 동안 나를 헷갈리게 만들었다. 처음에 퀸이 말했을 때는 '원즈 오프'라고 들려서 나는 'One's off'라고 생각했다. 그래서 계속 "누구 오프라고?(Who's off)"라고 말하면서 퀸에게도 엄청 물어보았다. 그때는 퀸이 왜 자꾸 내가 못 알아듣는지 몰랐을 것이다.

행복한 기분이 들게 하는 마법 같은 곳, 포인트 원조프

—

어쨌든 결국 우리는 포인트 원조프에 도착했다. 이곳은 정말 어떻게 설명할지 단어가 생각이 나지 않을 정도로 멋지고 아름다웠다. 포인트 원조프는 앵커리지 국제 공항의 활주로 끝에 있는 바다와 맞닿은 부분에 위

치해 있다. 그래서 이 해변가에서 비행기의 이착륙을 곁들여 보는 일출과 일몰은 내가 알래스카에서 봤던 풍경 중 손에 꼽을 정도로 아름다운 광경이었다. 게다가 해변을 조금 걸어가면 볼 수 있는 앵커리지 풍경도 정말 근사하다.

솔직히 말해서, 이 장소는 일주일에 한 번 정도는 항상 꼭 갔던 것 같다. 그리고 같이 갔던 사람들도 아주 다양하다. 처음 퀸을 시작으로 나와 친하게 지냈던 친구들은 거의 다 이 장소에 나와 함께 있었다. 물론 퀸과 간 뒤로, 여기서 일출이나 일몰을 보는 것은 거의 불가능에 가까웠다(해가 길어져서 딱히 지지 않았다). 하지만 곰이 먹다 남긴 아주 큰 연어를 발견한 사건이라든지, 여기서 보았던 수많은 거리 공연가들이 여는 공연, 친구들과 나눈 우정들은 이 장소를 내 마음속 깊은 곳에 문신처럼 새겨 두었다.

또한 항상 이 장소에 가면, 그 순간만큼은 아주 행복하고 홀가분한 기분이 들어 마치 마법이 일어나는 것 같은 곳이었다. 나는 알래스카를 떠나올 때, 이 장소를 마지막으로 찾아갔다. 항상 아래에서 위로 올려다보기만 하다가, 이제는 위에서 아래로 내려다보니 기분이 정말 싱숭생숭 했다. 하지만 아까 말했듯이 이 장소에 있으면 느낄 수 있었던 그 편안함은 내가 알래스카를 떠난다는 슬픔을 조금이나마 덜게 해주기도 했다. 정말

포인트 윈조프에서의 즐거운 한때.

마지막까지 잊을 수 없는 곳이었다.

그리고 이건 여담인데, 사실 이 책을 읽고 있는 사람들 중 몇몇 분들은, '그렇게 좋고, 의미 있는 장소였는데 왜 사진은 다양하지 않나?' 하는 의문을 가질 수도 있을 것이다. 하지만 이유는 아주 간단하다.

나는 이 장소에 있으면 딱히 다른 걸 하고 싶지 않았다. 고작 1,600만 화소짜리 카메라에 이 멋진 장면을 담는 것보다는 2억 화소짜리 하이엔드 카메라인 내 눈에 이 광경을 담는 게 먼저였기 때문이다. 그래서 실제로 이 장소에 카메라를 가져간 것도 두 번 정도밖에 되지 않는다. 하지만 내 기억 속의 이 장소는 단지 사진 몇 장만으로 설명하거나, 채워질 수 있는 곳이 절대 아니었다.

나를 포인트 원조프에 처음 데려가 준 퀸
그리고 오른쪽에는 이어북을 같이했던 켄들.

알래스카에서의
아주 특별한 시간

나는 2015년 여름부터 2016년 여름까지 약 1년여를 알래스카에 있었기 때문에 미국 독립기념일을 빼놓고 웬만한 공휴일은 다 미국에서 한 번씩은 보냈다. 특히나 추수감사절과 설날은 첫 번째 호스트 가족과 있었는데, 우리는 설날 이브에 아주 특별한 스포츠인 아이스하키 경기를 보러 갔다.

아이스하키는 사실 많은 사람들이 기본적으로 '얼음 위에서 스케이트를 신고 하키 스틱을 이용해서 공의 역할을 하는 하키퍽을 골망 안으로 집어넣는 스포츠'라고 알 것이다. 혹은 페이스북을 하는 사람이라면 가끔 '캐나다 사람들이 목숨을 거는 스포츠' 정도로만 생각할 것이다.

하지만 하키라는 스포츠가 워낙 한국에서는 하기도 어렵고, 대중성도 없는 스포츠라서 많은 사람들이 '도대체 저건 뭘 하는 게임인가?' 하는 의문을 많이 가지고 있으리라 믿는다. 하여튼 미국은 뭔가 튀는 걸 좋아하는 나라인 것 같다. 그래서 좋아하는 스포츠조차도 북아메리카 이외에는

하키 경기장의 전광판.

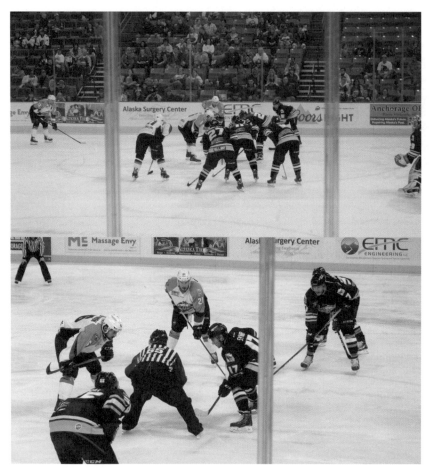

양팀의 경기 시작을 알리는 페이스 오프 장면.

딱히 제대로 된 정규 리그조차 찾아보기 힘든 미식축구(사실 이것도 좀 웃기다. 영어로는 '풋볼'인데 북아메리카 이외의 국가에서 풋볼은 축구다. 그만큼 미국 이외 국가에서는 인기가 없다)나 하키 같은 스포츠를 좋아한다.

하지만 이들 스포츠는 공통점이 있다. 바로 화려한 기술보다는 과격하고 물리적인 요인이 경기에 더 많이 작용한다는 것이다. 미식축구의 경우에는 상대방에게 돌진해서 넘어뜨린 뒤, 못 움직이게 하는 것이 경기의 주된 내용이다. 하키의 경우에도 몸으로 상대방을 밀치고 넘어트리고, 심지어는 펜스로 아예 상대편을 밀어내 버리기도 한다.

물론 북미 리그에서만 허용하는 일이지만, 상호간에 아예 주먹다짐을 하기도 한다. 게다가 이 주먹다짐은 실제로도 경기에 아주 큰 영향을 미치는데, 처음에 주장끼리 말로 해보고 해결이 안 되면 심판에 싸움을 신청한다. 그러면 서로 주먹만을 사용하는 선에서 심판은 둘 중 한 명이 넘어질 때까지 절대 싸움에 개입하지 않는다.

싸움이 끝난 뒤에는 두 선수 모두 사이좋게 5분의 퇴장 시간을 가진다. 솔직히 말해서, 나는 이런 종류의 스포츠를 별로 좋아하지는 않는다. 차라리 이렇게 육체적으로 싸우는 걸 볼 바에야 이종격투기나 복싱 경기를 보는 게 더 좋다(애초에 내가 누굴 때리고 맞고 하는 걸 좋아하는 사람도 아니다.

내가 잘 못 때리니까). 그래도 가끔 다른 사람들과 함께 이런 경기들을 보면 아주 재미있는데, 과격한 플레이에서 나오는 짜릿함은 모두를 열광하게 만든다. 하키가 딱 그랬다.

"혹시 좀 알아야 할 룰 같은 게 있나요?"

———

알래스카는 미국에서 땅덩어리는 가장 넓지만, 인구는 가장 적다. 그래서 다른 주들처럼 변변한 프로 스포츠 팀이 없다. 마이너 리그에 있는 알래스카 에이시스(ACES) 정도가 주 대표 팀인데, 마이너 리그라도 새해 이브에 보기에는 아주 재미있었다.

이 경기를 보러 가기 전에는 정말 하키라는 스포츠에 대해 아는 것이 하나도 없었다. 단지 앞에 서술했듯, 퍽을 골망 안으로 집어넣는 경기라는 건 알았다. 하지만 구체적으로 어떤 점이 관전 포인트인지, 아니면 뭐 심지어는 경기에 참여하는 선수가 몇 명인지조차 전혀 모르고 있었다. 그래서 첫 번째 호스트 엄마에게 물어봤다.

"혹시 좀 알아야 할 룰 같은 게 있나요?"

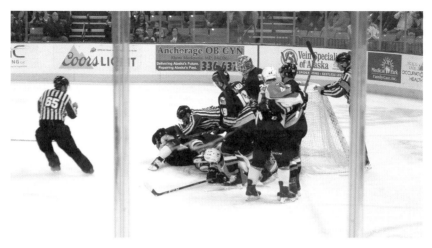

워낙 거친 종목이다 보니 이렇게 실제로 경기 중에 주먹다짐이 (북미 리그에서만) 일어나기도 한다!

하키 경기에서 사용하는 퍽. 아주 작지만 꽤 무겁고 아프다.

그랬더니 돌아온 대답은 꽤 흥미로웠다.

"나도 사실 잘 몰라. 난 하키 경기를 보러 가는 게 아냐. 서로 싸우는 거보고, 스트레스 풀러 가는 거지."

'네, 호스트 엄마. 제가 생각하기엔 호스트 엄마와 제가 스포츠를 보는 시각이 아주 다른 것 같네요.'

난 마음속으로 이렇게 말했다. 하지만 한 시간 뒤 경기장에서 벌어진 양팀 주장끼리의 싸움을 보고, 나는 이미 자리에서 일어나서 손수건을 흔들며 소리치고 있었다.

이처럼 하키는 예상보다 훨씬 더 빠르고 과격한 스포츠였다. 빙판에 미끄러지면서 어떻게 저렇게까지 하나 싶을 정도로 정말 상대를 벽으로 밀고, 몸으로 치고, 쓰러뜨렸다. 경기 규칙도 잘 모르고 어떻게 진행되어 가는지도 알 길이 없었지만, 몸으로 부딪히는 박진감은 내가 보기에도 꽤 매력이 있었던 것 같다. 물론 내가 이런 과격한 스포츠를 실제로 하기는 싫지만 말이다.

정말 오랜만에 하는 스포츠 관람이라 그런지 일어서서 미친 듯이 소리도 질러보고, 또 새로운 종목의 재미를 찾아서 여러 모로 좀 특별한 경험이었다. 물론 그날 밤, 내 목소리는 완전히 맛이 가버렸지만 말이다.

지구 반대편 친구들도
여전히 꿈을 꾸고 있다

'자신의 장래희망을 말해보세요'

나는 초등학교 3학년쯤, 이런 설문지를 담임 선생님으로부터 받았다. 그리고 나는 그 설문지에 단 1초의 망설임도 없이 웃는 얼굴로 이렇게 썼다.

'하버드 대학교 인문학 박사'

지금 생각해도 나 자신이 정말 대단하다. 아니 어떻게 촌구석에 사는 초등학교 3학년짜리가 우리나라에도 없는 하버드 대학교는 알았으며, 인문학이라는 학문은 또 어떻게 알고 그 질문에 이런 답을 했는지……. 지금 생각해도 정말 감탄이 절로 나온다. 하지만 사실 이런 대답이 나오게 된 이유는 간단명료했다.

나는 어릴 때부터 아주 멋진 사람이 되고 싶었다. 솔직히 말해서 그때는 뭐가 멋있는지 아무것도 몰랐다. 그냥 남들이 "야, 저거 멋있구나!" 하면 나도 따라서 "와! 저거 멋있다!"라고 말했다. 진짜 그게 그냥 절대적인 멋인 줄 알았다. 그런데 머지않아 이런 기본적인 생각의 과정에 나는 마치 수학 함수에 숫자를 대입하듯, 아이디어 하나를 넣게 된다. 바로 '대학'이라는 개념이었다.

이 개념은 접하기가 꽤 쉬웠다. 어릴 때부터 내 주변의 사람들이 "넌 서울대를 갈 놈이야!", "연세대를 갈 놈이야!", "고려대를 갈 놈이야!" 하셨기 때문에 자연스럽게 나는 '좋은 대학 = 무조건적인 멋'이라고 생각하게 되었다. 그래서 어느 날 검도 학원을 마치고 집으로 돌아오는 길에 문득

첫 호스트 동생 중 하나였던 노아의 펀드레이징 연주.
콘트라베이스 연주자가 노아다.

관장님께 물었다.

"관장님, 세상에서 제일 좋은 대학교는 어디에요?"

그랬더니 관장님은 그냥 "음…… 하버드 대학교 아닐까?"하고 말씀하셨다. 그래서 나는 또 "그럼 거긴 뭐가 유명한데요?" 했더니 관장님은 "인문학이 유명하지"라고 말씀하셨다. 그리고 이 말씀을 듣는 순간 내 꿈은 그냥 하버드 대학교 인문학과에서 가장 높은 학위인 박사 학위를 받는 게 되었다. 그에 대해서 아무런 지식도, 흥미도 없었는데, 단지 남이 인정해주는 최고의 명예이기 때문에 어린 내 꿈이 되었다.

그들은 자신이 무엇을 하고 싶은지 잘 알고 있었다

지금 생각해 보면 어릴 적 내 꿈은 정말 근거 없는 허무맹랑한 이야기일 뿐이다. 그렇지만 굳이 이 에피소드를 소개하는 건 내가 내 꿈을 결정함에 있어서 이제까지 정말로 '내가 좋아하는 것' 또는 '내가 잘할 수 있는 것'이라는 내용을 판단 기준에 넣지 않았다는 것이다. 그리고 주변의 많은 또래 친구들도 모두 똑같은 문제로 길을 헤맨다.

우리나라로 치면 교보문고쯤 되는 서점인 반스 앤 노블에 있었던 탈북자 수기.
표지 사진이 담담하지만 두려움이 역력한 듯하다.

한국의 친구들은 내가 잘할 수 있
는 것, 좋아하는 것조차도 정확하게
모른다. 단지 똑같은 생활 패턴을 반
복하며, 누가 만들어 놓았는지도 모
르는 하나의 길을 따라 다 같이 걸어가고 있는 게 현실이다. 하지만 알래
스카에서는 조금 달랐다. 친구들은 자기 자신이 뭘 제일 잘하고, 나중에
무엇이 하고 싶은지가 어느 정도는 마음속으로 정해져 있었다. 그리고 그
들에게는 이걸 결정할 수 있도록, 마치 우리 어머니가 나한테 해주셨듯
이, 상대적으로 다양한 것들을 접해볼 수 있는 기회가 많았다.

직접 다양한 활동들을 해보고, 정말 내가 누군가를 깨달은 다음, 그 친
구들은 모두의 존중 속에서 자신의 꿈을 키워나갈 수 있었다. 대표적인
예가 9학년 친구였던 앰버와 줄리아였다. 사실 말이 친구라서 그렇지, 그
둘은 내 친동생과 나이가 같았다. 하지만 그 친구들은 자신이 뭘 할지 확
실하게 알던 친구들이었다.

둘은 모두 음악에 아주 소질이 있었는데, 특히나 바이올린을 아주 잘
연주했다. 그리고 이 친구들에게는 자신의 바이올린 실력을 끌어올릴 만
한 기회가 많았다. 올 스테이트 오케스트라(All States Orchestra, 알래스카 전

역의 모든 학교에서 학생을 뽑아 만드는 주 단위 오케스트라)를 포함한 아주 다
양한 프로그램들을 선택해서 할 수 있었다. 또한 그런 길을 주관적으로
목표 의식을 가지고 걸어가면 항상 그 뒤에는 존중이 따랐다. 왜냐하면

올 스테이스 오케스트라의 'The Butterfly' 연주. 아주 웅장하고 아름다운 연주였다.

그건 본인들이 가장 하고 싶어 했던 것이기 때문에.

오케스트라는 연주자 한 사람, 한사람의 연주가 모여 하나의 거대하고 아름다운 연주를 완성한다. 그리고 그 개개인의 연주자들은 모두 최선을 다해서 자신이 잘할 수 있는 부분을 연주한다. 그러면 결국 나중에는 하나의 아름다운 선율이 완성되는 것이다. 솔직히 내가 이 말을 하기에는 아직 좀 껄끄럽다. 이 세상에서 그리 오래 살아보지 못했기에.

하지만 지금 내 생각은 이렇다. 사회도 오케스트라와 같다고 생각한다. 한 명, 한 명의 아주 특별한 개인이 모여 하나의 아름다운 사회를 구성한다. 따라서 아름다운 사회를 만들기 위해서는 구성원 한 명, 한 명이 특별해야 한다고 생각한다. 그리고 이는 우리들도 노력해야 할 문제다. 어떻게 하면 '나'라는 사람이 빛날 수 있을까를 항상 고민하고, 내가 진짜 빛날 수 있도록 노력해야 한다.

걸어온 길의 발자국을
뒤로하고

이 책을 쓰면서 나는 수많은 복합적인 감정들을 느꼈다. 사진 한 장, 한 장 볼 때마다, 글을 한 자, 한 자 쓸 때마다, 항상 내가 그 상황에 느꼈던 감정을 다시 한번 마음속으로 느끼게 되었다. 그리고 마치 읽은 지 좀 오래된 책을 다시 꺼내서 읽으면 내가 이전에 미처 깨닫지 못했던 디테일을 깨달을 수 있는 것처럼, 지금 이 감정들을 되짚어 보니 그때는 미처 느끼지 못했던 감정들이 솟아오른다. 그래서 얼굴에는 흐뭇한 미소가 번지고, 머릿속에는 그때 광경이 새록새록 떠오르기도 한다.

안드레스와 자전거를 타고 안드레스네 집에서부터 학교까지 달려 갔던 일, 그리고 둘이서 오들오들 떨면서 봤던 내 인생의 첫 번째 미식축구 경기도 그렇다. 아무것도 모르고 단지 시즌 중 가장 의미 있는 경기라는 친구의 말에 아무 생각 없이 가서 본 경기였다.

그때는 도대체 필드 위에 있는 선수들이 뭘 하는지, 왜 휴식 시간에 잘 차려입은 커플들이 나와서 세레모니를 하는지, 그리고 관객들은 왜 환성

학교 운동장의 전광판. 처음에는 이게 무얼 의미하는지도 알지 못했다.

경기 중간 휴식 시간에 ROTC 친구들 대열 사이로 지나가는 잘 차려입은 커플.

홈커밍 경기날 관중석에서 본 풍경.
보정을 따로 하지 않아도 이런 결과물을 얻을 수 있다는 건 대단한 축복이다.

을 지르는지 도무지 알 길이 없었다. 하지만 지금 와서 생각해 보면 선수들이 터치다운에 성공해서 승리에 쐐기를 박았다는 것과, 그래서 관객들이 미친 듯이 환호성을 질렀다는 것, 그리고 그 경기가 홈커밍(시즌 첫 번째 홈 경기) 경기여서 그날 밤에 있을 댄스파티에 퀸과 퀸을 뽑기 위해 잘 차려입은 커플들이 필드 위에서 세레모니를 했다는 걸 깨달을 수 있다.

그에 한술 더 떠서, 아무것도 몰랐지만 한없이 소리를 질러대던 나 자신이 좀 귀여웠다는 걸(오버스럽지만) 느낄 수 있다.

내가 한 발, 한 발 밟아온 발자국의 의미

———

여태까지 항상 '되돌아보기'는 나에게 이렇듯 중요한 역할을 해왔다. 때로는 반성의 기회가 되어 수정의 발판을 만들어 주기도 했다. 또 때로는 아까 말했던 것처럼 그때는 느끼지 못했던 소중한 감정이나 교훈을 느끼게 해주기도 했다. 그리고 이번 기회를 통해 내가 느낀 점은, 나는 정말 행운아이고 미국에 있었던 1년은 인생에 길이 남을 시간이었다는 점이다.

내가 평소에 그려왔던 이상에 도전도 해보고, 실패와 성공을 거듭하며

'나'라는 사람에 대해서 좀 더 많이 알게 되었다. 또한 그로 인해 내가 가지고 있는 세상에 대한 관점들도 많이 성장시킬 수 있었다. 나와는 정말 다른 환경에서 자란 사람들과 함께 어울려서 즐거워하고, 때로는 갈등을 빚으며, 또 때로는 슬픔을 나누며, 나는 나 자신을 비약적으로 성장시킬 수 있었다.

내가 한 발, 한 발 밟아온 이 발자국들은 결국 나를 이렇게 멀리까지 올 수 있게 했다. 더불어 내 뒤로 아주 길게 찍혀 있는 발자국들을 다시 볼 때마다 나는 희망과 용기를 얻는다. 내가 이렇게 멋진 일들을 해 왔고, 그로 인해 앞으로 찍힐 더 새로운 발자국들을 생각하면 정말 즐겁다.

그런데 사실 내가 걸어온 길들, 예를 들어 히말라야 등반이라든지, 미국

치어리더 팀의 열띤 응원전.

고등학교 교환학생이라든지, 정말 모두가 반대했다. 내 주변의 어른들과 친척들은 몹시 힘들 거라고 한 목소리로 다들 말렸던 길이다. 또 실제로 어느 정도까지는 나도 아주 힘들었다.

하지만 나는 이 길을 계속 걸으며 남들이 보지 못했던 아름다움을 많이 보았고, 그 아름다움들은 서서히 내 마음속에서 빛을 발하고 있다. 조금 조바심이 나기는 하지만, 내게는 확신이 있다. 앞으로 이 아름다움들은 분명히 꽃이 되어 내가 걸어갈 길에 뿌려질 것이다. 그리고 그 길은 세상에서 가장 아름답고 멋진 길이 되리라.

꿈에는
'STOP'이 없다!

       미국과 한국은 서로 문화가 아주 많이 다르니만큼 챙기는 기념일도 아주 많이 달랐다. 특히나 우리가 알고만 있지, 딱히 챙기지 않는 기념일도 참 많았는데 그중 하나가 할로윈이었다.

    솔직히 말해서, 미국에 가기 전까지 나에게 할로윈은 어릴 때 기분 내려고 하는 파티 정도밖에 인식되지 않았다. 하지만 미국에서는 할로윈이 꽤 큰 기념일이었는데, 정말 영화에서나 보던 것처럼 동네 아이들(물론 나를 포함해서, "와! 공짜 사탕이다!"를 외치며)이 코스튬을 입고 밤에 이웃집들을 돌아다니며 "사탕 안 주면 장난 칠 거야!(Trick or Treat!)"라고 큰소리로 말했다.

    이웃들은 여러 가지 으스스한 소품들로 할로윈 몇 주 전부터 집을 꾸며 놓는다. 물론 심각할 정도로 무섭게 꾸미는 집들도 많다. 내 통학버스 정류소였던 친구 집은 도로 표지판에 무서운 해골 마녀를 걸어놓아서 새벽에 등교할 때마다 깜짝깜짝 놀라기도 했다. 또 우리 집으로 들어오는 길

버스 정류장 표지판에 있던 할로윈 기념 해골 마녀.
등교 시간이 새벽이었기에 항상 으스스했다.

할로윈 하면 생각나는 호박 랜턴인 잭 오 랜턴.

이 무서운 삐에로는 거의 6주 정도 나를 괴롭혔다.

에 있던 광대는 꼭 코너를 돌자마자 헤드라이트 불빛이 닿는 곳에 있어서 밤에 친구들이나 호스트 가족들과 함께 집에 올 때는 항상 그 길을 빨리 벗어나고 싶어 하기도 했다.

이런 생활은 할로윈 전후로 거의 6주 정도나 이어진다. 하지만 이웃집들은 사탕을 충분히 준비해놓고 나같이 귀여운 꼬마들을 맞아 준다. 그리고 몇 시간 정도의 사탕 수집이 끝나면 동네 아이들이 가지고 갔던 베개 커버 속에는 사탕을 포함한 여러 가지 군것질거리들이 가득 채워진다. 들고 다니기도 무거울 정도로 말이다.

'남의 잣대'가 아닌 '나의 잣대'로 꿈을 꾸기를!

———

이렇게 신나는 할로윈 데이도 끝나고 나면 뭔가 씁쓸하다. 화려했던 조명들은 철거되고, 아직 치워지지 않은 장난감들만 덩그러니 남아서 으스스하고 쓸쓸한 분위기를 만들어낸다. 뭐랄까, 한 가지 목표를 다한 뒤엔 'STOP(멈춤) 표지판'처럼 멈춰버리는 느낌이랄까!

그리고 든 생각은, 이 느낌이 내가 2, 3년 선배들을 보면서 느낀 것과 아주 비슷했다. 아무런 꿈도, 희망도 없이 오로지 앞만 보며 달리다가 막상 학창 시절 꿈꿔왔던 이상인 대학에 가면 마치 'STOP' 표지판 앞에 서 있는 자동차처럼 멈춰버린다.

우회전, 좌회전을 하는 법을 배우지 못했기에 내가 뭘 해야 할 지, 그 뒤로 얼마나 많은 일이 남았는지 알지 못한다. 아무 준비도 없이 맞이하기에는 너무나 과분한 현실일 것이다. 그리고 나는 정말 그 수순을 밟기 싫었다. 왜 환희 뒤에는 함수 공식처럼 꼭 절망이 따라 붙어야 하는가. 그 절망은 절대 미래에 대한 희망과 흥분이 될 수는 없는 걸까.

내가 여태까지 찾아본 바로는 아니다. 절대 아니다. 오히려 이런 수순을 밟는 것이 바보짓이라고도 느껴진다. 내가 내린 결론은 정말 간단하다. 그냥 시각을 조금만 바꾸면 된다. 항상 '남이 보기에', '남이 느끼기에'를 기준으로 두기보다 내가 하는 행동이 나를 기쁘고 행복하게 하는지를 기준으로 두고 살면 된다. 정말 간단하지 않은가?

과연 이렇게 살아도 눈앞에 뻔히 보이는 다른 길을 두고 우두커니 정지선에 쓸쓸히 서 있을까? 적어도 나는 절대 그렇게 생각하지 않는다. 항상 새로운 나를 갈망하고, 나 자신이 선망이 된다면, 나 자신은 나로부터 용기와 추진력을 얻게 될 것이다. 그 용기와 추진력은 새로운 길을 찾게 할

알래스카 가을의 쓸쓸한 길거리 풍경.

것이다. 그래서 정지 신호에 우두커니 멈춰 있기보다는 눈앞에 펼쳐진 새
로운 길로 갈 수 있게 해 줄 것이라 믿어 의심치 않는다.

    이러한 믿음대로 나는 살아왔고, 또 앞으로도 항상 그렇게 할 것이다.
장담하건대, 앞으로 펼쳐진 나의 꿈과 미래는 절대 'STOP'이 없다. 난 항
상 내가 생각하는 이상을 좇을 것이고, 그 이상에 맞는 '성공하는' 사람이
될 것이다.

꿈에는 'STOP' 이 없다!

별똥별이 마치 꿈을 찾는 나처럼 오로라 사이를 빠르게 날아가고 있다.

꿈을 향해
비상하다

'책'은 어려서부터 나에게 지금의 '카메라' 같은 존재였다. 나는 책을 통해서 내가 알지 못했던 세상을 보았고, 하지 못했던 생각을 했다. 사진을 찍기 위해 눈으로 뷰파인더를 통해 세상을 보는 것처럼, 마음으로 책이라는 뷰파인더를 통해 세상을 내다볼 수 있었다.

책이라는 이 작은 물건은 겉으로 보기에는 단지 하얀 종이와 검은 글들로 이루어져 있다. 하지만 그 모습에 감추어진 뒷모습에는 단지 수백 장의 종이보다 족히 수천 배, 수억 배는 더 많은 세상이 담겨 있다. 그리고 정말 감사하게도, 나의 부모님은 나에게 책이라는 이 신기한 물건을 일찍부터 알게 해주셨다. 어려서 부모님과 서점에 가서 읽었던 여러 종류의 책들은 또한 다른 좋은 것들을 많이 가르쳐 주었는데, 그중에서도 특히 내 감정을 어떻게 하면 잘 표현할 수 있는가를 알려 주었다.

인간은 사회적 동물이고, 언어라는 도구로 다른 사람과 소통한다. 또 책은 이 언어라는 도구를 훨씬 더 진화시키는 데에 아주 정통한 능력이 있다. 간단한 예로, 책의 신기한 표현들이나 더 아름답고 고급스러운 단어들을 접하고 사용하는 것은 책을 읽는 사람이라면 필연적으로 겪는 과정이다. 그리고 이런 과정들은 아주 자연스럽지만 대단한 변화다.

나는 그렇게 많은 책들을 읽으며 자랐다. 그 덕분에 내 주변을 벗어나서 '세계'를 볼 수 있었기에 일찍부터 나는 꿈을 꾸었던 것 같다. 주변의 그만 그만한 사람들 이야기를 다 떠나서 넓은 세상의 많은 사람들을 들여다 보니 나도 욕심이 생겼다. 나는 나 자신을 특별하게 만들고 싶었다. 정해진 틀 속에서 내가 원하지 않는 모양대로 만들어지는 것이 너무 싫었다.

그래서 나는 남들이 하지 않는 여러 가지 도전을 했고, 경험을 했다. 물론 그에 대한 곱지 않은 시선도 아주 많았다. 내가 자율 중학교에 진학한다고 했을 때에도, 히말라야에 두 번씩이나 다녀온다고 했을 때에도, 심지어 미국으로 교환학생을 다녀온다고 했을 때에도 몇몇 주변 사람들은 안 될 거라고 했고, 심지어는 비웃기까지 했다.

물론 당사자인 나 자신도 만만찮게 힘들었다. 하지만 그런 고통들은 나에게 백신의 역할을 톡톡히 해주었다. 정말 힘들었던 중학교 3년의 기숙사 생활은 내가 미국에 적응하는데 엄청난 도움을 주었다. 그 덕분에 나

호프(Hope, AK) 해변에서의 호스트 부모님. 뒷모습에 삶의 여운이 어려 아름답다.

미국 국무부가 주관하는 고등학교 교환학생 프로그램을 담당하는
CIEE 재단의 한국대부부, 애임하이교육(주) 손재호 대표님이
장학금을 수여하시면서 나와 악수하고 있다.

는 남들이 한번쯤은 다 해본다는 향수병도 한번 앓은 적 없이 미국 생활
을 아주 신나게 즐길 수 있었다.

히말라야를 넘었듯이 세상의 산을 넘고, 또 넘어서
—

또 한편으로는 어릴 적에, 고되었던 히말라야 등정을 하며 이충직 대장
님과 차진철 대장님을 비롯한 우리 대단한 로체 청소년 원정 대원들에게
배웠던 귀중한 노하우들은 그 후 내가 살아가는 삶의 방식을 완전히 바꾸
어 놓았다. 나 자신을 믿고, 어금니 꽉 깨물면서 앞으로 한 발, 한 발 나아
갈 수 있는 능력은 웬만한 청소년 캠프 같은 데서는 배울 수도 없는 내 마
음속의 귀중한 보석이 되었다.

그런 의미에서 내가 이렇게 책을 한 권 탈고를 해냈다는 점 역시 나에
게는 아주 대단한 의미다. 히말라야 같은 산을 또 하나 넘은 느낌이다. 그
리고 여태껏 나를 믿고 지지해 주시며, 내가 이런 경험들을 할 수 있도록
격려해주신 우리 부모님은 나에게는 빌 게이츠나 마하트마 간디보다 더
대단한 영웅이자 위인이시다.

아울러 로체 청소년 원정대 이충직 대장님과 애임하이교육의 손재호 대표님, 그리고 책읽는귀족 조선우 대표님께도 감사의 마음을 전하고 싶다. 우선 이충직 대장님은 내게 글이란 무엇인가를 직접적으로 가르쳐 주신 분이다. 원정대 생활을 하며 훈련이나 원정이 끝난 뒤 항상 내게 그 흔적을 글로 남기는 연습을 하게 하셨고, 이는 내가 이 책을 쓰는 데 아주 중요한 바탕이 되었다.

또 손재호 대표님께서는 나에게 미국 국무부에서 주관하는 고등학교 교환학생이라는 아주 좋은 프로그램을 소개해 주신 분이시고, 덕분에 최소의 비용으로 최대의 효과를 볼 수 있었다. 게다가 이 책을 처음 쓰도록 제안해 주셨을 뿐만 아니라, 든든한 버팀목이 되어주신 분이기도 하다. 그리고 조선우 대표님께서는 나라는 아주 뺀질뺀질한 들소를 잘 컨트롤 하셔서 이 책이 무사히 나올 수 있도록 이끌어 주셨다.

히딩크 감독의 말처럼, '나는 아직 배고프다.' 나는 앞으로도 평생 노력할 것이다. 그 연장선상에서 교환학생이 끝난 지금 이 시점에서도 여러 사진 공모전들에 내 사진을 출품했고, 실제로 그중 몇 작품은 본선에 진출해서 결과를 기다리고 있는 중이다.

또 한국의 고등학교로 복학을 해서도 나는 내 목표를 이루기 위해 공부에도 열정을 쏟을 것이다. 나는 히말라야에도 두 번씩이나 올랐고, 미국 알래스카까지 교환학생을 다녀왔고, 책도 써낼 수 있었기에 나 자신이 충분히 그럴 수 있다고 믿어 의심치 않는다. 내 삶 속에서 이렇게 힘든 여러 산을 무사히 넘어 온 것은 모두 나와의 싸움에서 이겼던 덕분이다. 앞으로 나를 기다리는 여러 산들도 역시 마찬가지라고 생각한다.

나는 예전에도 그랬듯이, 앞으로도 내 앞에 버티고 있는 산을 또 넘을 것이다. 역시나 힘들겠지만 늘 그랬듯이 즐기는 마음으로, 그리고 나 자신을 믿고서!

이제 나는 한 마리의 새가 되었다. 내 양 어깻죽지에 붙어 있는 날개는 세상 그 어디에도 없는 황금빛으로 찬란하게 빛나고 있는 듯하다. 그리고 나는 이 찬란한 날개를 퍼덕이며 포토저널리스트라는 내 꿈을 싣고 세상을 향해 아름답게 비상하고 싶다.

소년, 꿈을 찾아 길을 나서다

초 판 1쇄 인쇄 | 2016년 8월 30일
초 판 1쇄 발행 | 2016년 9월 10일

지은이 | 김범수
펴낸이 | 조선우 • 펴낸곳 | 책읽는귀족

등록 | 2012년 2월 17일 제396-2012-000041호
주소 | 경기도 고양시 일산동구 호수로 336 (백석동, 브라운스톤 103동 948호)

전화 | 031-908-6907 • 팩스 | 031-908-6908
홈페이지 | www.noblewithbooks.com
E-mail | idea444@naver.com

출판 기획 | 조선우 • 책임 편집 | 조선우
표지 & 본문 디자인 | twoesdesign

값 15,000원
ISBN 978-89-97863-67-9 (43810)

이 도서의 국립중앙도서관 출판예정도서목록(CIP)은
서지정보유통지원시스템 홈페이지(http://seoji.nl.go.kr)와
국가자료공동목록시스템(http://www.nl.go.kr/kolisnet)에서
이용하실 수 있습니다.(CIP제어번호: CIP2016019847)